Judas

Tassia Trifiatis

JUDAS

roman

LEMÉAC

Leméac Éditeur remercie le ministère du Patrimoine canadien, le Conseil des arts du Canada, la Société de développement des entreprises culturelles du Québec (SODEC) et le Programme de crédit d'impôt pour l'édition de livres du Québec (Gestion SODEC) du soutien accordé à son programme de publication.

ISBN 978-2-7609-3287-6

4609, rue d'Iberville, 3e étage, Montréal (Québec) H2H 2L9
Dépôt légal — Bibliothèque et Archives nationales du Québec, 2007

Imprimé au Canada

aux d :
le delta, le dal et le dalet

ARRIÈRE-PLAN

C'est à ça qu'ils servent. C'est ainsi qu'ils imaginent leur lien. Chacun son tour, de son point de départ. Tous en même temps, ceux qui meublent ma vie me surveillent. Depuis divers continents.

Chez moi, les hommes sont tous loin et se veulent présents. L'un depuis une ville lointaine, l'autre depuis une ville encore plus lointaine. Et le troisième depuis ma fenêtre.

Tout d'abord, il y a le premier. Père a suivi mes succès scolaires et, maintenant que les études se sont achevées, il garde l'œil sur ma carrière. Grâce à lui, les gens qui parlent de moi diront que je suis une jeune femme bien, et instruite. Il m'a placée dans des bureaux d'architectes pour que j'aspire à être aussi respectée qu'eux. Il a payé de son énorme soutien pour que je sois professionnelle et que mon apparition dans ses conversations, même lorsque je suis absente, soit profitable à sa fierté. Sa postérité passe par moi qui travaille ailleurs, hors de sa Grèce. Il est le placier de ma vie.

Puis il y a le second. Haïthem me supporte, comme la voûte, les constellations. Tous mes caprices, il me les accorde, depuis Damas. D'où il se trouve au moment où il s'y trouve. Tous mes défauts, il les passe sous silence. Et même sous conscience. Je voyage grâce à lui. Je lui fais la faveur de m'assortir à sa finesse avec de beaux vêtements. Il a du goût, et la beauté que tous voient en sa personne serait la preuve que j'en ai aussi. Une belle maison, choisie par moi seule, nous attend. Nous ne l'habiterons qu'une fois le coma de son père traversé, et la fête de nos noces terminée. Notre mariage sera célébré dans sa ville natale. Je suis l'idole d'un fiancé que j'ai l'intention de quitter.

En dernier lieu, celui qui ne m'apporte rien du tout. C'est de celui-là que je suis le plus éperdue. Grâce à lui, je pleure et j'expie. Je regrette son souvenir et ses cheveux. Il est ma pire obsession. Une maladie qui me fait rire et qui se présente devant chez moi. À répétition, j'enfile sa tenue. Ce garçon n'était pas nu à la naissance. Et son inaltérable complet à jamais me couvrira.

1

À la seconde question, « Depuis combien de temps attends-tu ? », j'étais capable de répondre. Mais la troisième question, « De quoi souffres-tu ? », m'a laissée songeuse. J'y ai répondu : « De rien. » C'était assez simple. Je n'avais jamais parlé d'interruption volontaire de grossesse à des hommes juifs ultra-orthodoxes portant de grands chapeaux. Jamais et avec personne je ne devais discuter de ma volonté déchaînée.

Il continuait à sourire bêtement, de toutes ses dents mal alignées. Cela m'étonnait qu'il ne tente pas de les dissimuler. Ses lèvres étaient superbement charnues. Il aurait dû s'en servir pour cacher sa dentition crochue. Lorsqu'il a compris, assez vite d'ailleurs, que je ne voulais pas élaborer sur ma blessure, il s'est empressé de me demander si j'étais juive. Lorsque je lui ai répondu non, j'ai cru qu'il était à la fois déçu et satisfait. Il s'est peut-être imaginé que, n'étant pas pratiquante selon ses critères, il serait moins ardu de s'approcher de moi. Il avait raison, mais il ne savait pas encore à quel point. Même habillée dans des vêtements trop amples qui cachaient mon malaise et bloquaient tout accès à mon secret ridicule et honteux, il avait compris qu'il allait un jour être facile de me toucher.

Il m'a tout d'abord avoué qu'il était un homme de seconde main, donc une espèce de matériau récupérable. Il était divorcé et m'a répété à plusieurs reprises que cela faisait de lui un homme déjà utilisé.

Je croyais que l'on ne parlait ainsi que des vierges perforées. Il trouvait sa blague assez drôle. Il riait jaune avec ses dents. Cela allait bientôt faire quatre ans que sa femme était partie et il ne s'était toujours pas remarié, fait inusité pour un jeune hassid. Ils avaient habité ensemble un minuscule appartement en Israël pendant à peine trois mois. Après, selon lui, elle aurait reculé. Et le garçon juif, qui me faisait beaucoup trop de confidences à la minute, avait peur, depuis le départ de l'épouse, d'effrayer une autre jeune fille. D'être désigné à une seconde inconnue.

Il ne maîtrisait pas particulièrement bien l'anglais, tandis que l'anglais, lui, le rendait nerveux. L'utilisation de la langue seconde avec une femme aussi. Mais même si rien ne venait à son secours, il ne flanchait pas. Il ne connaissait pas mon nom. Dans son énervement, il avait omis de me le demander et j'avais mal entendu le sien. Je n'imaginais pas avoir à l'utiliser de toute façon. Je ne prévoyais pas lui reparler un jour. Le garçon juif connaissait encore moins le français. Il s'amusait quand même à me réciter des mots appris au primaire. Moi, je ne savais pas si j'avais le droit de rire, même de lui. J'étais habillée en noir pour une raison noble après tout. Je portais mon deuil.

Dans toute la splendeur de son immaturité flagrante, il s'est soudain plu à me dire bonjour dans toutes les langues qu'il connaissait. Ce moyen d'enclencher une amitié était pour le moins aliénant. Ce type était irrévérencieux. Impossible qu'il ait été marié, il n'avait que onze ans d'après sa bouche et ce qu'il en sortait. Par contre, cela ne l'empêchait pas d'avoir des sujets de conversation à profusion, tandis que moi, j'avais de moins en moins mal au ventre. Il recherchait son souffle, pressé qu'il était de s'exprimer. Le flot de ses mots m'étourdissait jusqu'à me délivrer. Je commençais à envisager ma refermeture, à sentir les picotements d'un début de cicatrisation. Mes crampes faisaient place à un émerveillement et à un désir de repos. Il était désormais clair que j'étais venue attendre en vain et que j'avais eu froid pour rien en marchant jusqu'ici. La peur d'être béante m'avait conduite dans cette salle d'attente. Non la douleur. Je devais donc faire demi-tour.

Je ne voulais pas laisser le garçon juif : il m'était doux de l'avoir en face de moi. J'adorais la scène d'ombres que nous dessinions sur les murs de l'hôpital. Il bavardait en faux timide et avait les joues rouges. Il était ma dernière trouvaille. Nous avons parlé pendant trois heures. Leibovitz et Lykourgos, lui et moi, avons été appelés en même temps pour notre consultation. Nous sommes entrés côte à côte dans la salle d'urgence. Nous avons continué à attendre, moi dans une pièce et lui dans une autre. Le docteur viendrait nous voir sous peu, nous nous étions dit au revoir devant la porte principale.

Après une heure d'attente de plus, assise sur une civière, j'ai décidé de m'enfuir. Sans que le personnel de l'hôpital me remarque, je me suis dirigée vers la sortie. Depuis longtemps je n'avais plus mal. Et depuis l'appel, je n'étais plus affairée à suivre l'improbable personnage qui s'appelait Yéhouda. Même s'il n'était pas loin, et puis je m'en foutais, j'étais quand même de nouveau seule. Sous le néon, avec un sac vide dans le ventre et un récipient vide dans la main, je ne pouvais supporter davantage l'endroit. Le garçon juif m'avait fait rire, il était émasculé. Il ne m'engrosserait jamais, lui. Il était trop pieux et ignorant pour me blesser. J'avais tout de même eu assez de temps pour remarquer ses genoux. Ils transparaissaient sous son pantalon noir. Des genoux de cycliste, j'en étais certaine. J'avais pris la peine de me concentrer sur le creux que formait le tissu côtelé, juste là, à la chute de la rotule. Ils m'avaient plu, ils annonçaient la force de ses cuisses. Ces notes musculaires juraient avec son aura prépubère. Ni son corps ni son expérience matrimoniale ne lui ressemblaient. Ses genoux, cachés mais devinés, étaient la seule preuve que j'étais assise devant un homme. Ses traits étaient en réalité joliment fins et ses lunettes, trop larges pour son visage. Voilà sûrement pourquoi je n'ai remarqué sa beauté qu'une fois sa monture déposée sur ma table de nuit quelques semaines plus tard. Je ne savais pas encore, sous ce néon, à quelle hauteur j'en viendrais à connaître le garçon juif. Dans la salle d'attente, ce soir-là, nous nous ressemblions : deux enfants perdus, vêtus de noir, qui se soulageaient.

Je l'ai retrouvé par hasard à la porte. Je n'avais pas pris le temps de remplir les contenants de plastique. J'avais eu honte à l'idée de me présenter à nouveau devant un médecin. Surtout ne pas écarter les jambes et mettre les pieds dans une deuxième paire d'étriers. Il était déjà six heures du matin et j'avais changé d'idée. Je m'étais sauvée en courant. Je n'ai jamais réussi à savoir s'il m'avait attendue, mais le garçon juif était là. Il avait l'air surpris de me voir en attendant son taxi. J'ai toujours admiré l'intelligence de Yéhouda.

— Qu'est-ce que le docteur a trouvé ?

— Rien. Je suis partie avant qu'il ne me voie.

— Quoi ? T'as attendu plus de six heures pour partir sans verdict ?

— C'est parce que je sais déjà ce qui ne va pas. Je n'ai besoin que de sommeil, je veux rentrer.

Yéhouda ne savait pas si j'étais drôlement folle ou follement drôle. Il m'a regardée avec admiration. C'est donc ainsi que nous nous sommes retrouvés ensemble dans ce matin toujours obscur de janvier, un peu plus de douze heures après le nettoyage que je m'étais fait faire. Lorsque le taxi est arrivé, Yéhouda a offert de me déposer. Dans la salle d'attente, je lui avais révélé dans quel quartier j'habitais. Le garçon juif semblait se rappeler tout ce que je lui avais dit. Et puis mon appartement était sur son chemin. Avant d'ouvrir la portière, il m'a dit en souriant que sa cheville n'était pas cassée. Grâce aux paroles du docteur, il était soulagé. J'ai dit « Dieu merci », puis j'ai tenté de l'aider à monter. Alors qu'il essayait de se pencher pour prendre place dans la voiture, je lui ai tenu le coude. Il a eu l'air de ressentir cette proximité comme un grand ébranlement, comme une collision. Il s'est dégagé de mon emprise d'un geste sec en se retournant à moitié. Dans sa position, il m'était impossible de voir son regard secoué. Il m'a ainsi présenté une joue déjà rougie par le froid et par l'interdiction. C'est bien avant d'avoir cette brève vision de son visage que j'ai laissé tomber son bras. Il s'est assis sur le siège avant et je me suis installée derrière le chauffeur. C'est moi qui lui ai demandé d'arrêter la voiture quelques secondes après qu'il se soit engagé dans ma rue. Puis j'ai dit à Yéhouda : « C'est là que j'habite. » Il voulait vérifier quelle était mon adresse. Il a lu celle de mon voisin.

— Non, c'est là, et la grande fenêtre, c'est celle de ma chambre.

— À gauche ?

J'étais pourtant certaine de ne pas avoir oublié de tirer les rideaux avant de me rendre à l'hôpital. Je le savais, car je me cachais depuis le petit signe positif du test de grossesse. Yéhouda a essayé de nouveau. Il a lu l'adresse de mon autre voisin : il voulait des chiffres précis pour mieux revenir. Je n'étais pas certaine de la raison de son insistance. Ou peut-être bien que si, puisque je les lui ai fournis, ces chiffres : 6-0-6-7, répétés plusieurs fois. Puis j'ai voulu faire ma part. Cinq dollars pour contribuer à la course me paraissaient raisonnables. Il ne les a refusés qu'une fois.

— Où il y a la grande fenêtre alors ?

— Oui, là où les rideaux sont ouverts.

2

Après l'avortement, le mode femme de mon corps cessera de fonctionner. Je ne saignerai pas, comme toutes se doivent d'y parvenir une fois de temps en temps. Pendant plus d'une moitié d'année, je serai improductive. Car même si l'enfant aura disparu, je l'attendrai quand même. Je jouerai à le porter. Je ferai comme si mon utérus était mère.

Le jour de cet avortement-là, j'ai marché jusqu'à la clinique, tôt le matin. Les neuf minutes qui séparaient mon appartement de cette civière qu'ils appelaient lit m'avaient paru des mois. J'étais énorme lorsque j'ai franchi la porte d'entrée. Je partais vers mon faux accouchement, mettre bas avant terme.

De longues heures après l'intervention, alors que le col était encore ouvert, quelque chose s'est frayé un passage jusqu'à mes entrailles disponibles. Avec une interminable aiguille, le docteur a dilaté le col qui, lui, s'est élargi en impudique. Encore aujourd'hui, je suis certaine qu'il n'a cédé que parce qu'on l'y a contraint. C'est qu'il est fier, mon col.

Le soir de l'avortement. À même la brèche interne, un élan imperceptible a pris possession de moi. On m'a pénétrée de nouveau : un rayon d'astre entrant dans une pièce alors que la toile bâille. J'ai engagé un duel intime avec Yéhouda, dans une semi-conscience, à cet instant même. C'est parce qu'il m'a squattée, avant même que je ne le connaisse. Il m'a ensorcelée avant même que je ne l'aime. M'a honorée sans que je le regarde, dans une sorte de violation indolore. Il s'est dirigé droit à mon but, un but abîmé et tout juste vidé par la succion. Ainsi m'a-t-il atteinte en mon cœur. Ce dernier avait chuté vers le milieu de mon ventre depuis que le germe du fiancé y gonflait. Le pouls battait à l'intérieur de ma crèche depuis la révélation de mon état. On avait vidé mon cœur, avorté mon noyau. Ce qui provenait du fiancé s'était endormi.

Le garçon juif se trouvait dans la même salle d'attente que moi, à cause d'une cheville foulée lors d'un mariage. Et moi, dans la même salle d'attente que lui, j'attendais à cause d'un secret implanté une nuit comme ça. Il est entré dans la pièce en fauteuil roulant avec un autre homme juif plus âgé que lui. Le pied au bandage bleu de Yéhouda était surélevé. Je ne me rappelle plus si c'était sa cheville droite ou bien sa gauche qui le faisait souffrir, mais j'ai la certitude d'avoir revu, bien plus tard, ce bandage. Il l'avait gardé dans une boîte avec d'autres souvenirs. Parmi ceux-là, un stylo plaqué or, cadeau reçu lors de sa Bar-Mitzva, des livres de prières, des photos de sa famille et des dépliants accumulés lors de ses années passées en Terre sainte.

Nous nous sommes donc rencontrés pour la première fois dans cet hôpital, au milieu de la nuit. C'était le mois de janvier, la température était d'une atrocité particulière. Cela ne se voyait pas encore que j'étais enceinte, je crois que je paraissais seulement éteinte. Je ne portais que du noir depuis le test. Même si j'étais moi-même la cause de la mort, j'avais adopté une affliction sombre. Je portais plusieurs couches de vêtements. J'avais presque disparu sous leur épaisseur, dans ma moiteur. Je considérais le fait de passer inaperçue comme une chance pour moi et les autres. Le garçon juif a quand même réussi à m'approcher, à reconnaître parmi les vraies femmes l'intruse que j'étais. Pour la deuxième fois lors de ce jour de pénitence et de jeûne, j'avais marché dans le froid. Les crocs de l'hiver ne m'avaient pas laissée intacte. Ils me faisaient craindre la propagation de la hantise. « Soyez à l'écoute de votre corps », m'avait glissé l'infirmière en sortant de la clinique. Je devais être attentive. Au moindre déclic sanguin ou craquement de membrane, je devais sans attendre m'expédier à l'hôpital le plus proche. Le personnel de la clinique avait été saisi ce matin-là : j'avais sûrement beaucoup crié. On ne m'avait pas assez droguée pour que l'endroit où j'étais étendue me soit étranger.

J'étais arrivée dans la salle d'urgence à minuit parce que je flairais l'inquiétude à travers les douleurs. C'est une heure plus tard que le garçon juif avait fait son admission. J'ai d'abord remarqué sa barbe éparse. Ça se voyait qu'elle n'avait jamais été rasée. Les plages de poils n'étaient pas liées entre elles. Il était interdit de glisser une lame sur sa peau, le garçon juif n'avait encore jamais désobéi aux Lois. Mais il m'a tout de même remarquée. Je me rappelle un long regard qui n'a duré qu'une fraction de seconde. Je me trouvais à sa droite, je me trouvais laide. Les jambes croisées, je regardais son profil pendant qu'il répondait aux questions de la dame à l'accueil.

L'infirmière qui m'avait examinée n'avait pas cru nécessaire de me faire passer devant tout le monde. Le déclic sanguin perçu devait être mon propre cœur qui battait désormais tout seul. Pas un effet secondaire de mon avortement matinal. Un de mes battements, imaginaire, s'était éteint. Cela m'avait effrayée et j'étais venue. Peut-être pour ne pas rester toute seule à la maison. Mon organisme fonctionnait désormais en misanthrope, en ermite. J'étais nostalgique d'une présence si peu sentie. L'infirmière de service a estimé que je pouvais rester assise plusieurs heures. Elle a cru que lorsqu'on est responsable, on n'est pas réellement infirme. À ses yeux, même si j'avais l'air affaiblie, j'avais surtout l'air paranoïaque. Je n'étais pas victime d'une douleur corporelle, mais d'une ouverture béante. Une journée n'avait pas suffi pour que mon col, blessé dans son orgueil, se résigne à reprendre sa position. Mes chagrins bruyants étaient audibles de tous. Ma maternité stagnait à l'air libre. J'étais allée à l'hôpital pour faire taire des battements honteusement seuls, des tambours qui résonnaient sans que leurs peaux soient utilisées.

Le garçon juif, lui, ne s'était pas gêné. Yéhouda était capable d'une grande irrévérence. Il m'avait épiée droit dans mon vide, m'avait abordée comme on aborde crûment une serrure sans clé : en y mettant son doigt. Il était dans son fauteuil roulant prêté, pas tout à fait lui-même en noir et blanc, déguisé dans son habit judaïque. Même après mûre réflexion, je ne peux affirmer que cet instant fut pour moi celui de sa découverte. Je n'ai pas trouvé sa beauté intéressante. Son ami l'ambulancier a quitté la salle d'urgence et le garçon juif a roulé vers le téléviseur. Je l'ai regardé qui regardait les dessins animés. Entourés de maisons en chocolat, des camions et des poulets conversaient gaiement. Cette vision fantaisiste me débarrassait de l'obsession de mon solo. Pour la première fois, je me retrouvais dans la même pièce qu'un homme hassidique de mon âge. C'était lui le mirage. Même si j'étais née dans leur quartier, nous ne nous étions jamais approchés les uns des autres. Yéhouda scrutait les images télévisées comme quelqu'un qui ne le fait pas souvent. Concentré devant l'écran, il semblait exécuter un dur travail. Il tentait par contre d'avoir l'air distrait du spectateur habitué. Il réussissait à sourire aux bons moments. Comme les gens qui ne comprennent qu'à moitié mais qui rient en même temps que le public invisible. Il était assis trop sérieusement pour cette occasion qui n'en était pas une. Il se dépêchait de capter : il s'attendait peut-être à ce que l'on vienne fermer la télévision sans préavis. Qu'on le punisse. Respectueux devant l'appareil, le garçon juif semblait apprendre quelque chose. Il me fascinait. Nous étions au même endroit.

L'expérience visuelle postmoderne terminée, il engagea la conversation avec une préposée, puis avec un vieillard qui avait trop bu. Il riait en parlant avec les gens. Yéhouda aimait la surprise qu'il parvenait à provoquer sur les visages des patients, verts sous les lumières de la salle d'attente. Je croyais être devant un enfant qui fait le pitre dans une halte-garderie. Et qui attend le retour de ses parents. Ce soir-là, le garçon était le seul juif observable à l'hôpital juif. Son fauteuil roulait, avec lui à bord qui consommait du regard les interlocuteurs blasés. Il était plus à l'aise devant eux que devant le téléviseur. En même temps que je le regardais se déplacer, je me sentais jalouse. Ne parlerait-il donc pas avec moi ?

Lorsque est venu le temps de passer à un autre patient, le garçon juif en a profité pour demander l'heure. J'ai alors jeté un coup d'œil vers l'arrière pour vérifier s'il m'adressait réellement la parole. J'avais eu raison.

C'était enfin mon tour.

L'hippocampe

[lettre à ne jamais envoyer]

« Il devait bien rester un dernier souffle sur la taie, une goutte de ton air à travers les plumes. Tu dormais toujours la bouche élégante. Elle était entrouverte, et tes lèvres, tirées et polies par les heures d'immobilité. J'ai mis ton oreiller à la place du mien, et le mien à la place du tien après que tu es parti. J'ai ainsi appuyé ta présence sur ma nuque. Mis un peu de toi sur mon cou. En posant ma tête sur le tissu, je sentirai peut-être tes cheveux bouclés sur mon visage et tes longs cils sur mes joues. La dernière fois que j'ai regardé ces cils, ils supportaient tes larmes. Cela semblait très lourd. Ils croulaient certainement sous le poids parce qu'ils tentaient aussi de supporter les miennes. Des gouttes de pluie, un peu acides, sur tes brins d'herbe, des ballons transparents prisonniers de branches courbées. »

Tu vois, Haïthem, j'avais envie de t'écrire. Et je ne choisirai que des poèmes à te faire parvenir, peut-être pour que tu respires ailleurs que dans la maladie. Oui, j'ai envie de t'écrire que je reste continuellement avec toi. Je viendrai te voir et ce sera magique, même si je viendrai pour nous séparer. Je n'ai pas envie de te dire que j'attends un enfant. Que je suis tombée enceinte alors que tu me visitais après une absence forcée. Voilà pourquoi je t'appelle en pleurant lorsqu'il est beaucoup trop tard chez moi et beaucoup trop tôt chez toi. C'est parce que personne ne sait où est l'embryon. Je n'ai pas réussi à apprendre où il se cache.

Peut-être qu'il me quitte, peut-être qu'il est suspendu à ma trompe. C'est peut-être cela, oui, il s'est trompé d'endroit pour pousser. Mon corps, ce ventre, a détecté que tu ne serais jamais prévenu de son existence et l'a mis de côté. D'ailleurs, je vais te dire la vérité : s'il n'est pas pour toi, eh bien, il n'est certainement pas de moi. Il n'apparaît à l'écran pour personne. Le moniteur à la clinique d'avortement n'a pu m'offrir qu'une image stérile. Voilà pourquoi je devrai y retourner. À combien d'endroits différents un minuscule embryon pourrait-il se cacher dans le corps de sa mère ? Je ne le sens pas en moi, il a sûrement fui. Mais pour aller où ?

J'ai envie de te dire que s'il avait été pour toi, ce moustique, j'y aurais pensé à deux fois avant de faire une demande d'extraction et de le retourner à Dieu. On aurait pu l'appeler Farès, comme ton père qui attend aussi la mort. À bien y penser, cette chose que j'écris n'est pas un poème. Et même si c'en était un, il ne serait pas pour toi. J'aurais bien aimé accoucher d'un bout de tes gènes, d'une apostrophe humaine formée par ton essence qui a vogué en moi. J'aurais envie de t'aimer et d'aimer aussi cet invisible qui loge ici-bas. Composer un poème, en ton honneur, comme je compose mon petit. Mais je n'ai à t'offrir qu'une poétesse avortée, une composition avortée perdue dans mon tout. Une page qui n'en sera jamais une et qui n'a pas été insufflée pour toi. Cette inspiration sera aspirée dans quelques jours. Demain, je serai étendue sur une table froide et l'on détachera pour toujours ce petit bourgeon caché. Fleur de poème, disparue mécaniquement. Ce matin-là, la vie vengera ton ignorance chaque fois que j'expirerai ma douleur. Chaque fois que mon utérus se cramponnera.

3

Il était passé treize heures lorsque je me suis réveillée en début d'après-midi. Il y avait trop de soleil pour qu'il fasse doux. Par la fenêtre, j'imaginais le même froid que la veille. Le soleil resplendissait au bout de la rue. C'est lorsque mon café a commencé à fumer que je me suis enfin décidée à appeler Mia. Mes douleurs au ventre jouaient doucement. J'avais encore mal au vide, mais moins. Je m'étais encore une fois leurrée : une plaie ne devient pas parfaitement immaculée dès que le corps se met à la combattre. Seuls les jours qui se déposent nettoient de manière efficace. Le temps, tel le sel, assainit. J'étais seule dans l'appartement, mais ce n'était pas grave, il était plus décent de continuer à m'y terrer. Surtout éviter que mes yeux ou mes mains n'effleurent ma peau. Cela ne pouvait certainement pas nuire à mon dégoût. La veille, Mia avait insisté pour m'accompagner à la clinique le matin, puis à l'hôpital le soir. J'avais refusé chaque fois : la sororité a ses limites. L'humiliation aussi, d'ailleurs. En attendant que mon amie réponde, l'image de Yéhouda m'est revenue en tête.

— Allô ?

Si elle était venue avec moi, je n'aurais pas fait la rencontre du garçon juif. Oui, si Mia m'avait accompagnée hier, elle saurait déjà de qui je m'apprêtais à lui parler. Et maintenant, Yéhouda n'aurait pu être un personnage improvisé la distrayant de moi, ce bourreau.

Le pieux n'aurait pu me tenir lieu de ruse. Mais elle était chez elle hier et je pouvais me servir de lui pour changer de sujet, pour distraire mon amie du détournement de mon ex-fœtus. C'est que j'aimais tellement raconter des histoires, j'avais hâte de décrire l'allure de Yéhouda. Je tenais un peu de satisfaction au bout du fil : j'allais pouvoir rire un peu. Et espérer le sourire de Mia que je ne verrais pas. Cela ne faisait aucune différence, j'étais une soldate qui s'était réveillée après une longue nuit de veille. J'avais compris que la lésion s'était assoupie et je me reposais quelques instants.

J'avais entamé une convalescence, ayant décidé de faire comme si aucun mauvais œil ne me guettait. Moi, j'avais une histoire à raconter et je voulais, pour elle, prendre une minute de répit. J'avais deux contes parallèles pour mon amie. Yéhouda allait me sortir de mon ventre. Les parallèles ne sont pas obligés d'apparaître en même temps. L'un peut être dissimulé par l'autre.

— À l'hôpital pendant la nuit, j'ai discuté au moins trois heures avec un juif hassidique qui habite à deux rues de chez vous. Il m'a ramenée en taxi après !

— C'est pas vrai ! Je ne te crois pas ! Mais ça ne me surprend pas vraiment… il y a juste à toi que ça arrive, ces trucs-là !

— Grâce à lui, je n'ai pas vu le temps passer.

— En tout cas, tu peux être sûre que j'ai pensé à toi toute la nuit. J'ai mal dormi. En plus, la petite a fait de la fièvre… Christiane couve quelque chose. T'as besoin de rien toi sinon ? T'es toute seule, là ?

— Oui je suis seule, et non, j'ai besoin de rien.

— Il a vu où t'habitais ?

— Qui ?

— Ben, le gars hassidique !

— Non seulement il a vu où j'habitais, mais il a répété le numéro de ma porte plusieurs fois. Pour vérifier, je crois. Il voulait sûrement que je lui demande d'entrer.

— Est-ce que ça fait encore mal ?

— Assez, oui.

— Il va revenir, j'en suis persuadée. Il sait où te trouver à présent.

Les quelques jours qui ont suivi l'appel à Mia, le seul que j'ai fait, ont ramené l'infection. Je me comportais avec mon corps comme s'il existait pour être annulé. Je souhaitais qu'il me laisse indifférente. Et c'est sans scrupules que je lui répétais que je me foutais de lui. Et je faisais celle qui croit à son jeu. J'ignorais ses complaintes. Il tentait d'attirer mon attention, et moi, je prétendais être absorbée par une urgence. J'entendais clairement le rouage des crampes, le manège du mal de mes cœurs. Mais je jouais à l'absente. Il n'y a personne à la porte où vous avez frappé.

C'était dimanche, les copines venaient souper, Mia et les deux autres. C'était à mon tour de les recevoir. Chaque mois, l'une d'entre nous devait faire le souper pour la bande. Je réussissais à me convaincre que c'était mon devoir : nous avions dit « sans exception » lors de notre pacte. De toute façon, je me disais qu'un rituel de femme ne me ferait pas de tort.

J'avais déjà eu une amie haïtienne à l'adolescence qui, lorsqu'elle avait mal au ventre, se faisait masser les reins par les femmes de la maison. Elle se couchait sur le ventre et on lui pétrissait le bas du dos. Des mains de femmes, de famille, j'avais décidé que cela me ferait du bien. Et ce, même si je ne donnerais à mes amies aucun indice sur la direction de leur toucher. J'avais toujours trouvé mon amie haïtienne plutôt bizarre du fait qu'elle se sentait capable de partager son intimité avec ses mères. Il faut un certain courage, celui du manque de pudeur.

Seule Mia était au courant à propos de l'avortement. Je n'étais pas brave. Plus j'attendais mes amies, plus j'observais la montée de l'infection brûlante, des rougeurs imaginaires. J'inventais des images d'inflammations et d'amoncellements de pus sur mes parois. J'avais l'impression inquiétante que plus je leur donnais de l'importance, plus ils gonflaient. En préparant le repas assise, je me disais que je devrais retourner quelques semaines en Grèce pour guérir. Elle aussi était une femme de ma famille : je pourrais me coucher sur ses sables et me faire masser les reins par ses grains.

Lorsque le pastitsio aura terminé sa cuisson, les filles arriveront. Je serai obligée de me tenir debout. J'entendrai leur signal à la porte et je tituberai jusqu'au seuil pour leur ouvrir. Mais lorsqu'elles s'assiéront autour de moi et de ma vacuité, je leur parlerai avec un sourire. Elles répondront et riront. J'oublierai le petit creux qui se remplit de fièvre. Et tout cela parce que je suis convenable. Et parce que j'ai l'histoire du garçon juif.

Ce n'était pas encore l'heure du souper. Lorsque la sonnette de la porte a retenti, j'ai compris que je n'allais pas être seule jusqu'au repas. Et ce, sans l'avoir demandé à personne. Elles étaient en avance ! Juste pour moi ! J'ai bien failli croire que Dieu avait entendu ma prière, même si c'était impossible. À Sa fille qui s'est donnée sans retenue à son fiancé, puis qui s'est fait avorter sur-le-champ alors que ce dernier, pendant tout ce temps, était au chevet de son père mourant à l'autre bout du monde, Dieu fait-Il encore des offrandes ?

C'est en récitant un psaume que je me suis traînée pour accueillir mes sages-femmes. Dieu soit loué, elles pourront m'aider à préparer les hors-d'œuvre ! Ma nourriture, elles l'ont toujours aimée, mes amies. Elles seront contentes de mon don comestible. J'ai réussi à cuisiner pour elles, à materner celles que je n'ai pas tuées. Il est plus simple de montrer de la tendresse à ceux qui vivent à l'extérieur de sa maison qu'à ceux qui vivent à l'intérieur. On ouvre toujours plus facilement aux invités, à ceux qui vont repartir par eux-mêmes. Oui, il me reste des gens à aimer et quelques-unes sont derrière la fenêtre de la porte d'entrée. Je les apercevrai enfin lorsque je franchirai le tournant du long corridor. Cela ira maintenant plus vite, elles pourront travailler debout, elles. Je les masserai, avec les soins que je me forcerai à leur prodiguer. Je les atteindrai avec mes plats et elles m'atteindront en les avalant. Oui, au moins cela, les nourrir, même dans l'inconfort. Je prouverai ainsi à l'Éternel que je suis une bonne mère. Je suis presque tombée devant ma chambre. Me laisserait-Il une deuxième chance de porter un enfant si je m'occupe à la perfection de mes invitées ? J'ai mis ma main sur la poignée.

À la fenêtre de ma porte d'entrée, des dents mal alignées se laissaient deviner. Et les larges rebords d'un chapeau noir.

4

Sur mon balcon, il souriait trop.

— Je te dérange ?

— Non, pas du tout... Entre, je t'en prie.

— Je ne peux pas, je suis seulement venu pour te remettre, euh, de l'argent.

Il y avait un peu de gêne courageuse sur ses joues. Étaient-ce les traces du froid de la semaine précédente ? Je doutais que de telles marques puissent lui coller au visage si longtemps.

— À moi ? Quel argent ?

— Oui, le cinq dollars. Le tien, je veux dire... Quand tu me l'as donné l'autre jour dans le taxi, tu ne t'en étais pas rendu compte, mais il y avait en fait deux billets de cinq, ils étaient comme collés ensemble, et c'est pour cela que je voulais te remettre le cinq de trop, parce que au fond je te le dois, finalement, si tu vois ce que je veux dire, tu m'avais donné dix dollars sans t'en apercevoir.

Il aurait pu continuer sa litanie longtemps. Je ne m'inquiétais pas pour son talent. J'ai déposé l'argent sur la petite table du téléphone en souriant. Je me concentrais pour ne pas trébucher dans les motifs du tapis. J'étais encore étourdie mais mon sourire était sincère. J'ai senti qu'il m'était reconnaissant de faire semblant de le croire. Son invention n'avait pas été soulignée à voix haute. Mine de rien, j'ai pris le long châle qui traînait sur la chaise et l'ai enroulé autour de mes épaules découvertes. Mes mules ont, elles aussi, été enfilées en vitesse. Je ne tenais pas à exposer mes orteils : surtout ne pas piquer sa curiosité. Je n'aurais pas l'énergie nécessaire pour lui rappeler qu'il n'était qu'un petit garçon. Le moment n'était pas venu de libérer son regard.

Et puis peut-être étais-je sceptique pour rien. Après tout, le pieux ne voulait certainement que m'assister. Il était probable qu'il ne savait pas lui-même en quoi, mais il était ici. Cela pourrait compter pour moi étant donné que j'étais seule ! Ce n'était pas les filles qui avaient sonné à la porte, mais ce n'était pas si grave, Yéhouda les remplacerait un instant. Il s'imposait juste assez, comme une apparition. J'étais presque heureuse au milieu de mon engourdissement général.

— Mais c'est très gentil à toi, Yéhouda. Allez, entre donc ! Veux-tu boire une tasse de thé ? Avec ce froid, je ne te laisserai certainement pas retourner dehors sans que tu te sois réchauffé un peu !

Il a dit deux ou trois fois non, avant de retirer les caoutchoucs qui enrobaient ses chaussures. Il savait qu'en pénétrant « pour la première fois dans un foyer non juif » (chose qu'il m'a avouée en grandes pompes par la suite), il enfreignait toutes ses règles. L'image des hassidim de mon enfance portant ces énormes bottes en plastique par-dessus leurs souliers m'est tout de suite revenue à l'esprit. C'était leur façon de protéger leurs pieds de l'hiver.

Les souliers de Yéhouda, tout comme moi, étaient troués. Nous n'étions pas à l'abri. Le garçon juif faisait son entrée dans ma maison grâce à une astuce. Son excuse pour venir jusqu'ici me désarçonnait. Un homme m'étant prédestiné n'aurait sûrement pas fait mieux que Yéhouda : l'idée du billet de cinq dollars était provocante à souhait. Je le fixais avec ahurissement. En retirant ses souliers, le garçon juif émettait, entre des demi-phrases, des sons ressemblant à de courts rires. Ce faisant, il me dévoilait une fois de plus ses dents inévitables. Ses lèvres commençaient déjà à se faire respecter dans son visage. Il en allait autrement de ses gencives, qui demeuraient interdites. Les muscles autour de sa bouche s'étaient calmés, contrairement à la fois d'avant où Yéhouda n'avait cessé de gesticuler. Je lui ai dit « Bienvenue », presque en criant, malgré moi. Dès qu'il a fait ses premiers pas sur mon plancher, j'ai senti que je parlais trop fort. Il n'avait que ses bas aux pieds. J'avais un vertige dans la gorge que je tentais en vain de dissoudre. Il a déposé sur le banc et dans la politesse son chapeau et son long imperméable. Ses apparats étaient tous deux noirs et élégants.

C'est avec peine que j'ai cadencé mes pas : il n'était pas question de me faire supporter par les murs en présence de mon convive endimanché. En arrivant dans la cuisine, j'ai regardé si mon thé était kasher, alors que le garçon juif faisait mine de s'intéresser à la vue donnant sur le stationnement. Yéhouda et moi avions grandi dans le même quartier, c'est ce que j'avais appris lors de notre première rencontre. Qui sait si nous avions tenté de jouer sur le même trottoir lorsque nous étions petits ? La conversation n'incluait pas de silences inconfortables. Nous n'avions pas besoin de temps morts. Au fur et à mesure que les mots défilaient, je les oubliais. Je devais malgré tout être cohérente puisque le garçon juif répondait.

— Ça a l'air d'aller mieux, ton pied !

J'avais hâte que les filles arrivent. Non seulement je leur donnerais à manger, mais je leur donnerais de quoi les surprendre. Une femme de maison, seule devant un hassid, seule et ingrate de recevoir l'innocence dans sa cuisine, dans le ventre de sa maison. « Un représentant de la pureté vêtu de noir et blanc qui pénètre la caverne d'une pécheresse », que je me suis dit. Mais ces réflexions, je les aurais gardées pour moi. Sinon les copines auraient cru que j'étais complètement arriérée. Et de chez les arriérées, les convives repartent tout de suite après le dessert. Pour ensuite être envahis par une sensation de délivrance.

— Es-tu venu en autobus ?

Yéhouda restait longtemps immobile, jamais très loin de moi. Plus j'y pensais et plus j'estimais qu'ils en avaient fait beaucoup pour dénicher un moyen d'entrer chez moi, son habit juif et lui. Maintenant qu'ils avaient réussi, une femme au ventre avorté et adultère tentait de faire du thé kasher, sans tomber, avec une cuillère en plastique. Les filles allaient rire ! Mes amies allaient trouver cela comique parce qu'elles ignoraient que je cachais une maladie. Qu'elles s'amusent : c'était cela le plus important ! Elles n'avaient besoin d'aucun détail qui altérerait leur humeur. Non, la soirée ne tomberait pas à l'eau. Je ferai mijoter les ingrédients victorieux d'une anecdote et d'une recette. Toutes deux seront bonnes à déguster.

Pour ma prestation, je comptais mettre beaucoup de détails afin d'expliquer le pourquoi et le comment de l'apparition de Yéhouda sur mon plancher. J'attendrai qu'il parte avant de parler de lui. Mais avant tout, autour de la table, j'exposerai tout ce que j'ai de mieux. Mes talents de cuisinière grecque d'abord puis, ensuite, mes talents de conteuse. Il s'agira des récits d'une fausse mère. Ce sera mieux que rien.

— C'est grand chez toi... Tu vis seule ?

Yéhouda se tenait sous l'horloge à côté du réfrigérateur, les mains dans les poches. Il regardait partout comme quelqu'un qui visite un appartement et se demande s'il va ou non le louer. Tel qu'il me l'a demandé, le thé n'a pas été servi dans une tasse afin que l'eau chaude soit contenue dans du verre. C'est que ma fausse porcelaine n'était pas kasherisée. Selon la Loi juive, le verre est prescrit en tous lieux. Contrairement au désir que le garçon juif était en train d'imprimer sur la non-juive devant lui.

Je finirais sans doute par apprendre comment m'occuper de lui. Je l'inciterais à me percevoir comme sa maison. Un lieu de répit pour lui. J'aurais bien vite tout ce qu'il faut pour le recevoir chez moi. Une fille grecque avait grandi dans le quartier juif. Un garçon juif allait maintenant grandir dans mes quartiers grecs.

Cela peut être jouissif d'être une femme d'accueil. Une femme tout court, pouvant couver tous les œufs qu'elle désire, et même les œufs d'autrui. Elle pourra soit les trier sur le volet, soit les accepter lorsque, encore sous la coquille, ils la quémanderont. Je me demandais d'ailleurs comment la mère de Yéhouda pouvait bien le laisser cogner ainsi à la porte de la jungle. Ne se demandait-elle pas où il était ? Une mère hassidique suit certainement les allées et venues de son fils divorcé jamais remarié. Dieu merci, il était tombé sur moi ! Une autre femme (même jamais avortée) aurait pu avoir un effet plus néfaste que moi. J'en étais persuadée. Le monde était rempli de menteurs et de faux bienfaiteurs en dehors du quartier juif. J'allais tout expliquer à Yéhouda : il était en sécurité avec moi, la stérile. Sans hésitation aucune, je me suis vendu l'idée qu'il ne connaissait rien. J'allais me faire un devoir d'être pour lui un modèle. J'étais ridicule : cela devait être le malaise qui faisait bouillir mon orgueil. Et mon envie de plaire le ventre vide aussi. Était-ce la fin ? Ne pourrais-je provoquer un amour romantique que chez un enfant ? Je m'en contenterais, j'étais démunie. Le fiancé était en voyage, déjà plus père.

Il imitait celui qui a du culot. Je voyais bien que Yéhouda avait peur, une autorité retenait son confort sur les tuiles de mon plancher, mais il ne s'agissait pas d'une proscription parentale. C'était plus fort, c'était une suprême interdiction : il n'avait pas le droit d'être ici. J'étais interdite, j'étais une femme qui finirait par l'enchanter, comme dans les fables. Une possible mère aux berceuses faciles. Son téléphone portable sonnait souvent. Il était, disait-il à ses interlocuteurs, à l'extérieur de la ville. Pour tous ceux qui tentaient de le joindre, il serait, pour la soirée, très loin. Ils ne se doutaient pas à quel point.

Le thé a dû m'attendre, parce que, alors qu'il mentait au téléphone, son bras a commencé à m'obnubiler. Mon regard s'est tout d'abord arrêté sur sa main, large et pliée, qui tenait l'appareil. Plus haut, au niveau de sa manchette, dans la boutonnière de sa chemise, était engagé le bouton le plus éloigné. Le tissu blanc serrait son poignet comme s'il s'agissait d'un poignet s'étant mû au siècle passé. Plus aucun homme ne se serrait les poignets de la sorte au XXIe siècle. Le pieux était, au bas mot, démodé. Puis, encore plus haut sur son corps, se trouvait, là où commençait son épaule, le début d'un gilet. Le genre de gilet qu'on aurait pu apercevoir sur une photo d'époque : sans manches, et avec des boutons lui aussi. Il l'avait endossé par-dessus sa chemise blanche. Yéhouda était anachronique, connecté à son téléphone portable. Il me plaisait quand il parlait dans sa machine à traverser les siècles. Il possédait une extraordinaire manivelle : le garçon juif semblait manœuvrer deux siècles d'histoire d'un seul bras.

Il a raccroché d'un coup.

— Je n'arrive pas à croire que je suis venu jusqu'ici. Tu sais, je ne pouvais pas me rappeler ton adresse exacte. Alors j'ai monté toute ta rue jusqu'à ce que je reconnaisse ta fenêtre. Ça n'a pas été difficile, c'est la seule qui soit aussi grande.

Il a dit que c'était le premier jour qu'il arrivait à marcher sur son pied. Serait-il venu avant sinon ?

L'eau avait atteint son point d'ébullition, un peu avant moi, et je pouvais enfin occuper mes mains à faire autre chose qu'à devenir moites. Yéhouda ne pouvait s'arrêter de bouger. Être debout ne lui suffisait plus. Il semblait retenir la sueur de dévaler, à grosses gouttes, ses tempes. La couleur du sol rappelait sa chemise. Je me suis souvenue des néons alors que j'attendais le docteur jamais rencontré. Le garçon juif était un enfant attachant avec ses longues boucles qui cachaient ses oreilles. Boucles d'Or en brun foncé. Ses lunettes me dévisageaient dès que je tentais de regarder ailleurs. C'est lorsqu'il a porté le liquide chaud à ses lèvres que mon cœur à commencer à battre moins vite. Puis, la cuisine a arrêté de tourbillonner. J'ai ensuite senti mes membres. Peu à peu, mon mal au ventre s'est amoindri. L'audace de Yéhouda m'émouvait.

C'était fait, j'avais réussi à faire semblant d'être puissante. Réussi à faire semblant que je n'étais pas infectée, que je n'avais jamais porté d'embryon et que je savais quoi en faire, de ce garçon perdu. Sa venue pourrait signifier que je n'irais pas quêter de prescription. Elle était un symbole qui débarrasserait mon corps de cette misère qui me collait aux trompes depuis l'avortement. Je ne voulais consulter aucun spécialiste. Surtout pas rouvrir mes cuisses devant une tierce personne, un médecin de plus. Personne ne m'avait parlé d'effets secondaires aussi persistants. Mais Yéhouda était venu et c'était le présage que j'allais un jour être mère.

Et pourquoi ne pas laisser ma porte déverrouillée ? Elle pourrait demeurer entrouverte pour tous les éclopés inconnus. Afin de me tenir occupée pendant ma convalescence, je serais une halte. Non seulement je ne chasserais jamais plus personne, mais je ne montrerais pas mon entaille à nouveau. Une mère se doit d'être incassable et de nourrir tous ses petits, même lorsqu'elle se meurt. Et si elle veut vraiment bien faire, elle peut aussi demeurer chaste.

Le long châle, placé sur mes épaules pour ne pas exciter mon convive, ne demeurait pas en place. Il ne me restait plus qu'à aller mettre un col roulé pour éclipser le décolleté de ma camisole, par considération à la fois pour Yéhouda et pour ma vertu. Surtout, garder une apparence modeste, Neffeli. Nous savons tous que la femme avortée ne peut qu'être modeste.

5

Les ingrédients pour réussir la tarte Tatin arrivèrent en même temps que Mia. Yéhouda était occupé à sourire au-dessus de son verre de thé, il ne savait pas ce qui l'attendait. Il venait tout juste de s'installer dans la salle à manger. Il m'avait déclaré, avant de s'asseoir enfin, que c'était la première fois de sa vie qu'il se trouvait seul dans la même pièce qu'une femme qui n'était pas de sa famille. Après cette confession, j'ai cru bon de l'avertir qu'il y en aurait trois autres, des femmes, qui se joindraient à moi d'une minute à l'autre.

Puis j'ai soudain pris conscience qu'à part le fiancé et Père, il était assez rare que je sois moi-même seule avec un homme. J'ai regardé Yéhouda : je ne me sentais plus délaissée. La sonnette a retenti. Je me suis excusée, puis je suis allée accueillir Mia et ses sacs d'un pas surprenant de vigueur. Je l'avais attendue dans la hâte.

— T'avais raison. Il est revenu !

— Pas le mec hassidique, quand même ?

J'ai montré mes dents, en guise de réponse. J'imitais déjà Yéhouda.

L'entrée de Mia a été spectaculaire. On aurait dit qu'elle avait fait cela toute sa vie, accueillir des juifs à boucles longues et à calotte de velours chez moi. Elle était à l'aise, un peu moins minutieuse que moi dans son approche. Elle n'avait pas épié sans relâche les familles hassidiques du quartier de notre enfance, elle, contrairement à moi qui les avais toujours enviées. J'étais certaine que mon amie ne les avait pas scrutées assez longtemps pour pouvoir les singer tel que je tentais de le faire. Après tout, la maman de Yéhouda l'avait perdu de vue. Combien de mamans hassidiques aurait-il fallu que j'espionne dans mon ancienne rue afin que le garçon juif ne se sente pas trop désorienté ? Ni Mia ni moi ne le savions, mais nous ferions de notre mieux.

Elle avait fait garder sa fille ce soir-là. Sa tête était tranquille. Et aujourd'hui ne faisait pas exception, car, de façon générale, Mia était chanceuse : elle n'avait rien à se reprocher. Elle a déposé ses paquets sur le comptoir. Yéhouda s'est levé et est revenu dans la cuisine pour assister aux présentations formelles. Mia, avec qui j'avais regardé les petits voisins hassidiques qui ne nous regardaient jamais, savait qu'elle ne devait pas s'aventurer à tendre la main à notre invité. « Yéhouda, voici ma meilleure amie, Mia. Mia, voici le garçon dont je t'ai parlé. » Ils ont tous les deux souri. Vingt ans plus tard, les présentations avaient été faites. Par une impie ! C'était ironique.

Depuis que le fiancé était parti, on passait beaucoup de temps ensemble, Mia et moi. Elle se plaisait à s'occuper de mes invités, car ils étaient aussi les siens. Les gens qui s'infiltraient chez moi, elle les percevait comme relevant de sa responsabilité. Mes habitants étaient sous sa tutelle. Voilà peut-être pourquoi elle avait beaucoup pleuré lorsque je lui avais annoncé que j'étais aux prises avec un intrus qu'il fallait déloger. Il avait un instant été le sien, son occupant à elle aussi. Moi aussi j'aimais l'enfant de Mia, sa Christiane. Ce soir-là, mon amie a tout fait pour que Yéhouda se sente à l'aise. Lui qui, entre-temps, avait de plus en plus chaud entre son thé et son attente des autres femmes.

J'ai ouvert la porte du four et me suis penchée pour voir si la cuisson de mon plat (préparé comme si j'avais eu un revolver dans la bouche) était terminée. Attentif, Yéhouda m'observait. Il se tenait derrière moi et, à cet instant, je me suis demandé si je devais courir enfiler des vêtements moins révélateurs. Surtout l'épargner : je ne voulais pas qu'il devienne turbulent à cause de mon corps.

Le pastitsio était presque prêt et la chaleur qui s'en évadait se transformait en une buée qui collait aux fenêtres. Le garçon juif, lui, ne pouvait se résoudre ni à rester ni à partir. La tranquillité des effluves a finalement permis à sa grande curiosité de l'emporter sur sa crainte. Plus tard, il pourrait témoigner d'une scène jusque-là inimaginable pour lui. Yéhouda avait compris qu'il assisterait à un rituel de femmes, des amies non juives. Lorsqu'il a senti qu'on le laisserait faire, qu'on l'autoriserait à voir, il a enlevé sa veste à boutons. Puis il est retourné s'asseoir : nous lui offrions de nous regarder nous parler. Il s'est réinstallé, sur le sofa cette fois, sans jamais nous perdre de vue. Le verre qu'il serrait tout contre lui semblait le rassurer. Il voulait se convaincre : « Elles ne me chasseront pas. »

Mia et moi étions occupées à chérir les nouveaux moments avec le garçon juif et à espérer l'arrivée des consœurs. Le garçon juif nous regardait terminer les derniers préparatifs du repas tout en sachant qu'il lui serait interdit d'y goûter. Attentif, il nous observait tout de même au travail. Déjà, au deuxième soir de notre vie commune, il pistait le deuil de la cuisinière. Il me reniflait de loin. Car même si Yéhouda était dévoyé, il avait lu beaucoup de textes sacrés : il incarnait ce paradoxe qui consiste à avoir une âme millénaire dans un corps de nourrisson.

Les deux copines sont arrivées en même temps et en retard. Elles ne parlaient pas bien l'anglais et elles étaient intriguées par le garçon juif, intimidées par les barrières de la langue et de l'habit. Après que le repas kasher de Yéhouda fut livré, que la table fut mise et que toutes furent assises, la séance de questions a débuté. Je me rappelle qu'il me lançait souvent des regards qui réclamaient mon soutien. Il croyait qu'une femme savait mieux qu'un homme comment parler à une autre femme. Sa grande confiance, qui éclipsait sa nervosité, l'aidait à fonctionner.

Il ne pouvait même pas expliquer de quoi étaient faites son existence et ses Lois, mais nous avons eu droit à une démonstration de pitreries. Aucune n'offrait un lien direct avec le judaïsme et nos recherches. Il a marché sur les mains et a prétendu qu'il s'y prenait exactement de cette manière pendant les mariages. Toujours selon ses dires, chaque nouveau marié hassidique réclamait sa présence lors de ses noces. À la façon dont il s'exprimait, on l'imaginait déjà crouler sous le bruit des applaudissements dès qu'il entrait dans une salle de réception. Yéhouda s'enorgueillissait de leur appréciation. Il nous a ensuite dépeint une scène de cérémonie nuptiale dans laquelle il jouait d'un air concentré, pour le nouveau couple et leurs familles, des airs connus au violon (j'ai su plus tard que son répertoire ne comprenait qu'une seule partition, qu'on l'avait laissé pratiquer à plusieurs reprises lors du mariage de sa grande sœur). Aussi, le garçon juif s'accompagnait seul à son instrument : la danse n'avait apparemment aucun secret pour lui. Yéhouda était fameux pour ses sauts audacieux (gymnastique qui l'avait propulsé, le soir d'un énième mariage, au sommet de sa gloire, c'est-à-dire à l'hôpital où je l'ai rencontré). Toujours selon ses dires, il était connu dans tout le quartier pour ses exploits (tout compte fait, surtout associés au fait qu'il était la seule personne divorcée et jamais remariée quatre ans plus tard).

Le garçon juif nous faisait sourire : il jouait au gamin sympathique. Et dire qu'à l'heure qu'il était, ses anciens camarades de classe s'empressaient de mettre au lit leurs trois ou quatre enfants. Yéhouda avait l'air de quelqu'un qui présentait sa candidature pour devenir mascotte. Nous le regardions rire en tournant sur lui-même dans mon salon.

6

Molle, j'attrapais une lueur de lui. Une fulgurance quasi masculine surgissait dans son regard chaque fois qu'il le posait, jamais très longtemps, sur moi. Le temps s'était écoulé et je m'étais résolue à m'épargner l'infection. Les effets secondaires de la manigance perpétrée contre le fiancé et contre moi-même se distanciaient lentement de mon ventre. Les filles devaient maintenant partir, il était déjà presque minuit et toutes travaillaient le lendemain matin. Moi, j'avais pris congé du cabinet d'architectes. Yéhouda avait intercepté les indices nécessaires pour arriver à la conclusion que mes copines s'en iraient sous peu, et ce, même s'il ne comprenait pas les dialogues de la scène de pré-départ. On déposait et ordonnait : ici des ustensiles et là, des mégots. Yéhouda ne rangeait rien : il se préparait à ne pas partir.

— Je peux rester ici pour regarder ça avec toi ? a-t-il fait en montrant du doigt un film déposé sur la table du salon.

Les filles m'avaient devancée dans le couloir pour aller chercher leurs manteaux. Yéhouda m'a suivie jusqu'à la porte d'entrée. J'avais décidé de répondre oui à sa question qui, ma foi, m'avait fouettée. Yéhouda avait du culot. J'étais exténuée, mais pas suffisamment pour ignorer que je me sentais en sécurité avec le garçon juif. La timidité pudique, celle de qui n'a jamais rien fait pour avoir des enfants, s'emparait de moi. Il a dit au revoir à Mia et aux autres et leur a souhaité bonne route, en se postant près du cadre de la porte comme s'il l'avait installé de ses mains nues. Il semblait saluer des proches venus lui faire une visite de courtoisie. En même temps que les filles s'éloignaient en riant, elles me faisaient des gestes qui voulaient dire quelque chose comme : « Tu ne vas quand même pas passer la nuit avec ce gars-là ? »

Yéhouda avait déjà quitté le vestibule, sûrement pour se ruer sur le DVD avant que je ne change d'idée. Comme avec le verre de thé, il s'accrochait aux objets dont je disposais pour s'imprégner de mon décor. Il semblait presque me dire : « Si tu me chasses d'ici, je m'emparerai de toutes tes possessions. J'emporterai avec moi les objets de ta maison. » Cela ne m'aurait même pas surprise qu'il se cache derrière une plante. Si seulement il avait su combien je le bénissais de me tenir compagnie plus longtemps, il n'aurait pas eu peur de se faire jeter dehors.

Pour bien faire, il s'agissait d'un film avec des sous-titres. Pour mieux faire encore, il s'agissait d'un film qui débutait par une scène passionnelle torride. Au lieu de m'enfuir, j'ai cru bon de m'appliquer à trouver une manière de mettre mes pieds sur le sofa sans toucher Yéhouda qui s'était assis à mon côté. Il n'était pas question que je lui dévoile la nudité de mes pieds. Par malchance, le garçon juif comprenait tout. Il m'a dit quelque chose qui n'a pas amélioré ma gêne débilitante.

— You don't have to hide anything from me.

Si au moins il avait baissé les yeux en me provoquant.

J'aurais aimé avoir le courage de courir jusqu'au tiroir de ma commode pour dénicher des bas. Mais à la place, j'ai mis mes pieds sur la table, bien en vue, juste devant l'écran de télévision. Comment donc les banalités du garçon juif pouvaient-elles paraître si choquantes ? Non seulement le film avait été ennuyeux à souhait, mais il s'était terminé avec la reprise de la scène du début.

Il était beaucoup plus tard que lorsque les filles étaient parties. Yéhouda était dans tous les états, sauf dans l'état de celui qui a sommeil. Il en a donc profité pour me parler de lui, pour me raconter son histoire. À ma grande gratitude. Il a quitté mes quartiers, qu'il n'avait eu aucune difficulté à faire siens, à cinq heures du matin.

Je m'étais comptée très chanceuse que le pieux se soit confié à moi de la sorte. Je crois même que j'ai refait du thé lorsqu'il a eu terminé. Il avait été intéressant à écouter car ses paroles prouvaient qu'il avait besoin de moi. Il était tombé à point : j'étais en manque de pensionnaire. À ses côtés, mon deuil serait moins long que je ne me l'étais imaginé. Pour se confier, le garçon juif s'était installé face à moi. La courbe intrigante sous son pantalon, au niveau du muscle de son genou, était toujours visible. Il m'avait avoué son escapade chez les prostituées. Je n'étais pas certaine de vouloir imaginer son coït. Non, pas lui, pas le pieux. « Pas comme dans les films, je t'en prie, mon fils. »

La première fois que c'est arrivé, la jeune femme lui a demandé de se déshabiller, sitôt entré dans la chambre d'hôtel. Elle lui a dit que c'était ainsi que cela fonctionnait, qu'il fallait la payer d'abord. Elle a pris l'argent puis a déguerpi. Nu, Yéhouda avait cru bon d'oublier ses économies. Ça, c'était peu de temps après le divorce. Les choses ne cessaient de se gâter depuis son retour à Montréal.

Dès son dix-neuvième anniversaire, papa Leibovitz avait décidé de fiancer son fils. Enfant puis adolescent assez turbulent, il fallait désormais qu'il canalise son énergie à bon escient. N'ayant pas un dossier digne des

Patriarches, Yéhouda n'avait pas l'embarras du choix en ce qui concernait la sélection des épouses. Le choix de son père s'était finalement porté sur une fille d'à peine dix-huit ans dont les parents étaient de lointaines connaissances d'un grand-oncle tout aussi lointain. On a fait se rencontrer la fille juive et le garçon juif. La fille a dit que oui, cela était bon. Maman Leibovitz, elle, avait compris que sa possible future bru n'était en rien celle qu'il fallait pour son fils unique.

— Mais c'était quoi, Yéhouda, le problème de ton ex-femme à la fin ?

— Elle était, euh, différente ! Je dirais, pour garder ça simple, qu'elle n'était pas en super forme mentalement.

Sa mère n'a rien fait pour empêcher le mariage, rien fait non plus pour empêcher papa Leibovitz de trop insister. De toute façon, son mari était certain qu'une personne sensée ne voudrait pas de quelqu'un d'aussi curieux que son fils et surtout d'aussi rebelle. Expulsé d'écoles talmudiques américaines et israéliennes, Yéhouda était loin de se faire harceler par les marieuses. Il a donc cédé aux pressions de son père. Papa Leibovitz aurait clairement souligné à son fils que la demoiselle en question constituerait sa première et sa dernière occasion matrimoniale. Le garçon juif l'a rencontrée trois fois avant les fiançailles, et trois autres fois entre les fiançailles et le mariage. Grâce à Dieu, elle a fini par partir de son plein gré, trois mois seulement après les noces. Elle l'a quitté un matin, leur foyer à peine inauguré. J'imagine la nouvelle mariée en train de courir dans la rue. Yéhouda n'aurait, lui, jamais osé la laisser. Sans pouvoir expliquer sa fuite, elle est retournée chez ses parents. C'est l'oncle éloigné qui a téléphoné à Yéhouda pour lui confirmer qu'il était à nouveau célibataire. « Ta femme est déjà ailleurs », qu'il lui a peut-être dit. Elle n'a jamais cru nécessaire d'adresser à nouveau la parole à Yéhouda : on ne doit rien à un étranger.

En plus d'être limitée intellectuellement, la pauvre n'avait été informée que quelques jours avant la cérémonie de la manière dont elle tomberait bientôt enceinte. D'après le conseiller en relations de couple que Yéhouda allait voir chaque semaine alors qu'il était encore marié, elle aurait perdu connaissance peu après l'annonce de la terrifiante nouvelle. De retour à Montréal après la prononciation du divorce, papa Leibovitz n'a rien ajouté à la cause. Ni pour consoler, ni pour se défendre. Maman Leibovitz, quant à elle, se mord toujours les lèvres quatre ans plus tard. J'imagine qu'elle doit encore se demander comment elle a pu laisser son seul fils épouser une personne à la santé mentale si effritable. Aux dernières nouvelles, la fille juive avait depuis longtemps accouché d'un fils, gracieuseté de son deuxième mari. Lui aussi, elle avait fini par l'abandonner : elle n'aimait pas être une mariée. Elle ne comprenait pas ce que l'on attendait d'elle, cette madame Leibovitz miniature. Lorsqu'elle est retournée chez ses parents pour la deuxième fois, la bi-divorcée a demandé l'asile pour elle et l'enfant.

C'est en traitant sa communauté de traîtresse que Yéhouda est revenu dans son pays natal, le Canada. Il passait ses journées dans les salles de cinéma. Il s'est procuré une caméra et ne travaillait qu'à l'occasion. Les promesses n'avaient pas été tenues, il n'avait pas trouvé l'autre moitié de lui-même là-bas, en Israël. Maintenant, tous ses proches le fuyaient, ils se sentaient coupables d'avoir utilisé le silence comme seule réponse à l'erreur qu'avait été son union avec la fille juive. Au bas mot, le garçon juif était le prototype parfait de la déception pour une famille hassidique. J'allais le récupérer.

L'invention

[lettre à poster sans timbre ni adresse]

Mère disait que tu ressemblais à un prince d'Orient. Mère avait raison : tes joues goûtaient le miel. C'est où, Haïthem, l'Orient ?

Je sais que tout comme moi, tu es incapable d'oublier nos fiançailles, célébrées dans le village natal de ton père. Ta famille m'avait offert des ornements anciens. Ma robe était transpercée de fils d'or. Une femme avait maquillé mon visage, puis l'avait poudré. Pour ma part, je disais que tu ressemblais au Soleil, du temps où Il n'était pas un astre divin.

Père disait que tu ressemblais à mon Roi. Partout où tu entrais, une lueur te collait aux talons. Elle montait le long de ta colonne et se logeait dans tes pupilles. Tu imposais le même respect que le phare dans la brume. Je n'aimerai jamais quelqu'un qui n'entreprendrait pas de te ressembler. Tu étais mon bijou et c'est des pierres de ton regard que j'étais ornée le soir de cette union. L'air était lourd d'épices. Lorsque l'on mentionne la région abritant ton pays, même si ce n'est que dans des lettres mortes comme celle-ci, mieux vaut mentionner les épices. Et le miel aussi. Mais moi, lorsque je parle de la région de toi, je n'ai en tête que les hauteurs de ta rareté.

Alors que tous s'amusaient au rythme des musiciens que tu avais fait venir de Grèce pour moi, nous sommes allés nous effleurer sous le jasmin. Ce dernier avait peut-être servi de cachette à ton père alors que l'arbuste et lui étaient encore des enfants. Aimait-il jouer à la cachette ? Je me souviens que la fête organisée ce soir-là, pour toi, son dernier-né, avait eu lieu quelques mois avant qu'il ne sombre dans l'insuffisance de sa maladie. Il s'était alors mis à gésir dans le coma, cette contrée de l'entre-deux. Ton père s'était assoupi dans ce pays situé entre la décision et l'attente. Là où l'on ne se procure ni aromates ni condiments. Farès le Très-Haut, celui-là même qui t'engendra, toi mon fiancé diamanté, avait déjà été surpris, sur ces terres où je t'embrassais, en train de courir, de se marier puis de faire ses bagages en prélude à une migration vers la ville. Et bien plus tard, on l'avait surpris en train de te sceller à moi sous cette tente, puis en train de mourir. Sous le jasmin, donc, nos lèvres s'étaient rapprochées. Nous entendions les rires des invités qui tentaient de concilier les pas de danses traditionnels syriens aux airs grecs. Tu étais attendri par leur joie.

Tu as dit : « Neffeli, c'est toi la plus belle d'entre toutes les femmes. »

Haïthem, ma perle, moi je considère que l'Orient n'existe pas : il n'est qu'un Nom.

Le nom de l'endroit qui voit ton réveil.

7

— J'entends rien, mon ange. La connexion est vraiment mauvaise.

Je criais dans le combiné.

— Oui, mais moi, je t'entends. Je te jure que c'est comme si tu avais été là aujourd'hui, Neffeli.

— …

Que dire lorsqu'un père meurt ? Même en deuil, Haïthem tenait à être celui qui console. J'étais exaspérée comme une veuve. En plein centre de ma ville, loin de la sienne, mon appel ne m'offrait que les sauts du décalage horaire. Je pleurais de rage. Je ne pouvais rien ajouter ni continuer, ni rien entendre : il n'y avait rien à répondre. Et même si j'avais répondu, ma voix me serait revenue par cycles. Elle ne rattraperait pas Damas ce soir. Les banalités que je disais à Haïthem rebondissaient. Je ne réussissais à être en lien qu'avec mon écho embarrassant. La communication s'était effritée en ce jour d'enterrement. Le ciel avait resplendi par-dessus le cimetière, que j'avais cru entendre.

— Tu sais qu'ici il fait moins vingt degrés Celsius, Haïthem ?

Je m'imaginais la température du corps de son père. La température du corps de Haïthem fiévreux d'être orphelin. Le Nord me secourait : il était le seul qui me proposait les échos de ma future belle-famille. Leurs échos de perte glacés, je ne pourrais les sentir qu'en ayant aussi froid que le patriarche. Cet homme qui serait désormais attendu en vain par ses enfants une fois la nuit tombée. Pour partager, j'ai enlevé, parmi les flocons, mon manteau.

J'étais dans un néant superposé au martyre de mon fiancé.

— Si j'avais été là, j'aurais pu serrer ta main, petit aigle.

Jamais je n'avais senti aussi profondément le vertige des mers qui nous séparaient, mon Haïthem béni et moi. Les trottoirs étaient glissants et le vent montréalais sifflait tel un forcené à la sortie de l'autobus. Les mers avaient sûrement dû geler. Je n'avais pu assister aux funérailles. Je ne faisais qu'essayer d'entendre ce qui demeurait du fiancé et je n'y parvenais pas. Je le faisais répéter sans cesse au cœur de ma foule. L'heure de pointe me poussait. Les gens se pressaient. Leur hâte m'oppressait, mes doigts étaient glacés et je n'entendais qu'un mot syrien sur deux. J'avais deux foulards de couleurs différentes : un sur les oreilles et un autour du cou. Les couleurs n'allaient pas bien ensemble et j'avais perdu une mitaine. Ma veste ne possédait plus que trois boutons. Il était à peine passé seize heures, et même s'il faisait déjà noir, ce n'était pas assez pour que j'ignore que tout bougeait autour de moi, que j'ignore ce téléphone contenant les miettes de mon fiancé. J'étais à l'autre bout du monde. Là où il faisait froid et sombre.

Là où il *faisait* loin.

8

C'était peine perdue : j'avais trop attendu, trop cru aux faux médicaments du cœur et de l'air. Une semaine après la première visite nocturne de Yéhouda, l'infection s'était aggravée et j'avais dû prendre rendez-vous pour une nouvelle consultation médicale. Cette fois aussi, j'avais voulu aller seule à l'hôpital. Surtout ne pas montrer aux autres que mon corps ne pouvait supporter ce que je lui faisais subir.

Je me plaisais à me sentir comme ma grand-mère. Il y a soixante-dix ans, elle aussi avait eu du mal à contrôler sa respiration. Cette aïeule que je n'ai jamais connue vivait dans les montagnes du centre de la Grèce. Elle avait été mère de huit enfants. Dieu ait son âme ! Mes tantes m'avaient raconté qu'elle allait accoucher seule dans les champs. Il s'agissait de champs de tabac, la seule plante qui parvenait à pousser dans ces hauteurs de sécheresse. Loin des regards indiscrets, ma grand-mère, munie de son seul ventre, partait pour ne pas être vue accroupie dans ses hurlements. J'osais faire comme elle en me mettant à l'abri des regards. À la seule différence que, moi, je me suis cachée pendant plusieurs semaines. Et que, à mon retour, je n'aurai ni enfant, ni permission de m'élever au rang de Sainte Femme.

Pendant cette semaine-là, le garçon juif, qui était aussi chauffeur pour la communauté, était parti à New York avec quelques passagers. Il n'était pas au courant de ma condition : même s'il avait été en ville, il ne m'aurait été d'aucun secours. Et puis, comment aurais-je pu m'occuper de lui dans cet état ? La fièvre, plus lourde et étouffante qu'à ses débuts, m'empêchait d'apprendre quoi que ce soit sur les étapes à suivre afin de protéger les autres. Elle m'empêchait d'ailleurs de bouger les membres. À l'hôpital, on m'avait administré une injection, prescrit des antibiotiques et mise illico dans un taxi. Mes crampes avaient été insupportables, et mes grincements de dents si bruyants qu'ils m'avaient occasionné des spasmes.

Dès mon retour chez moi, j'ai réussi, je ne sais comment, à me faufiler sous un gros édredon qui sentait la sueur. Il était, depuis plusieurs jours déjà, en paquet sur le canapé du salon. Depuis la soirée avec Yéhouda, je passais mes journées dans ses plumes. Au cabinet, j'avais obtenu une prolongation de mon congé de maladie. La peur de me vider de mon sang était parvenue à me raisonner : je m'étais fait soigner. Et puis, qu'aurais-je dit si quelqu'un s'était trop inquiété parce que je ne retournais pas ses appels ? Et si on m'avait posé des questions ? J'étais affolée à l'idée qu'on ait des soupçons et qu'on décide de se pointer ici. Personne n'était au courant pour l'avortement, sauf Dieu et Mia, mais on n'est jamais trop prudent. Depuis que Père et Mère étaient retournés vivre en Grèce, les femmes qui gravitaient autour de moi semblaient ressentir le désir sincère de m'aimer davantage. Je ne les laissais pas faire. Elles cherchaient à me materner. Ainsi allait la vie : certaines perdaient leur temps, d'autres, leurs bébés.

Cela faisait à peine un quart d'heure que j'étais de retour à la maison lorsque la sonnerie du téléphone a retenti. Je me suis traînée sur le tapis pour répondre. Les calmants ne faisaient pas encore effet. « Je suis de retour à Montréal ! » ai-je entendu. Lorsque Yéhouda m'a demandé s'il pouvait me rendre visite, mon épouvante physique s'est adoucie comme pour me laisser un instant de répit.

— Vers quelle heure penses-tu arriver ?

— Je devrais avoir assez de cinq minutes pour me préparer puis débarquer !

— Tu entreras, c'est déjà débarré.

Je n'avais pu garder mes yeux ouverts en l'attendant. C'est le courant d'air glacé induit par l'ouverture de la porte qui m'a tirée de la somnolence. J'ai entendu Yéhouda s'avancer sur mon plancher de bois quelques secondes plus tard. Il avait dû enlever ses bottes et son manteau avant de me chercher dans l'appartement. Les lattes craquaient sous son poids léger. J'attendais, avec un soupçon de hâte, qu'il apparaisse à l'entrée du salon. Mes yeux étaient posés sur l'emplacement vide lorsque le garçon juif s'est enfin présenté devant moi. Il portait sous le bras une grosse boîte de biscuits. « C'est pour toi », a-t-il dit de loin. J'ai bien compris dans son regard que j'étais blême. Il a regardé les rideaux fermés et senti l'odeur de l'isolement. Il n'a rien ajouté, n'a rien laissé paraître sur son visage. Sans me demander mon avis, il a poussé mes jambes du bout de ses doigts afin d'avoir assez de place pour s'asseoir près de moi. Sûrement à cause des longues boucles qui pendaient de chaque côté de son crâne rasé, je trouvais aventureux chacun de ses gestes. Ils semblaient tous me concerner de près, autant ses respirations que ses réflexes. Yéhouda le Voyant savait que je n'allais pas bien : il a donc laissé de côté les interrogations de circonstance. Bien qu'il s'inquiétât de mon état et que sa cuisse touchât alors le côté gauche de mon genou, le garçon juif est resté discret. Il m'a parlé d'une voix soumise, comme lorsque l'on veut contribuer aux restes de dignité d'un plus faible que soi. Il a décidé qu'il me divertirait sans jamais me poser de questions. Pour ne pas me brusquer.

Il a décrit, de façon assez plaisante pour que mes paupières ne se ferment pas, son aller-retour à New York avec la famille qu'il y avait reconduite. En parlant, il a ouvert le contenant de mon cadeau, m'a offert un biscuit. Il a à son tour planté ses dents dans la pâte dure. Nous étions silencieux. Il me regardait à intervalles réguliers, je regardais mon biscuit. « Mais qu'est-ce qu'il peut bien foutre ici ? » que je me demandais. Que pouvait-il bien me vouloir ? Après son troisième biscuit et sa deuxième minute sans parler, il s'est soudain levé. J'essayais en vain de le trouver séduisant, mais je n'y arrivais pas et cela me soulageait. Je ne savais pas pourquoi je m'astreignais ainsi : Yéhouda n'était qu'un enfant. Je n'avais jamais su être seule avec un homme autrement qu'en étant, dans la fatalité, une femme. Seulement là, je n'étais pas dans un état de partage. À chaque fois que je me retrouvais seule avec un type, événement dont je chérissais la rareté, je l'obligeais en silence à me plaire. Mais cette fois-ci, je serais épargnée. Avec Yéhouda, je n'aurais ni à forcer, ni à entreprendre quoi que ce soit. J'étais prise dans un face-à-face avec une candeur qui n'avait rien d'exigeant. Décidément, il n'y avait rien à tirer de fauve chez Yéhouda. Je me demandais quoi faire, si près de lui, alors qu'il m'évitait à peine. Je ne pouvais même pas le protéger, ce garçon juif. Je n'avais pas la force de le toucher, mon petit réfugié. J'étais si fatiguée d'être avortée.

C'est d'un bond tranquille qu'il a quitté le canapé. Je l'ai entendu ouvrir le robinet. « Il se lave les mains », me suis-je dit. Peut-être bien que pour demeurer purs, les pieux doivent se laver les mains souvent. « Il sent peut-être ma maladie et se presse pour se nettoyer. » Sans bruit, il est revenu de la salle de bains avec un linge humide dans la main. Il avait jugé exagéré de le dissimuler en entier derrière son dos : je pouvais apercevoir la moitié d'une petite serviette à l'extérieur de sa paume. Yéhouda était quelqu'un de subtil. À cet instant, il avait déjà pris la décision de s'installer devant mon visage. Il s'est agenouillé doucement, sans aucune pointe d'hésitation dans le mouvement. J'étais toujours étendue, enveloppée dans mes transpirations récentes et révolues. Il est descendu, à ma hauteur, de tout son corps. Le garçon juif a arrêté sa chute à quelques centimètres seulement de mon visage. J'ai vu malgré moi la beauté effacée de ses yeux. Il a déposé, en rougissant à peine, le morceau de ratine rose sur mon front. C'était très froid. Yéhouda a regardé mes lèvres gercées par inadvertance. A esquissé un sourire indescriptible. Le garçon juif me connaissait-il ? L'étonnement a retenu mes larmes. L'étonnement ne m'a pas déçue.

Ce n'était recommandable pour personne que des soins me soient prodigués. Mais je n'avais pas assez peur de Yéhouda pour le chasser et lui faire du mal. J'ai fait comme s'il m'était facile de me laisser bercer par quelques gouttes d'eau glacée déposées par ses doigts sur un bout de tissu. Je n'avais pas envie que ça cesse. Et c'est avec un lambeau de courage que je me le suis avoué à moi-même. J'ai refusé la bataille, j'ai abdiqué. L'effleurement de la main de l'inattendu était trop doux. D'accord, Yéhouda pourrait rester même si le materner m'était douloureux.

Il a passé l'après-midi avec moi, jusqu'au coucher. Nous avons écouté quelques disques, sortis de son sac à dos noir. De la musique hassidique dégustée sur le même canapé. Lorsque le soleil s'est couché, il a décidé de partir, me laissant à moitié présente. Je l'ai rapidement embrassé sur la joue dans le vestibule. « Merci », ai-je chuchoté. Yéhouda était bouleversé et a dit quelque chose que je n'ai pas saisi tout en refermant la porte derrière lui. Debout à la fenêtre, j'ai regardé le paletot sombre descendre dans la rue. Ma fièvre baissait : elle s'effaçait dans le soir.

9

Le moment des soins durables avait trop tardé. Malgré les derniers dix jours de cachets, la convalescence se muait en descente anormale. J'avais contenu mon infection mal traitée en bouchant mes narines trop longtemps. J'avais attendu et espéré que la fièvre reparte en même temps que le gargon juif. J'ai enfin consenti à me faire hospitaliser. Quarante-huit heures seulement. Séjour facile à oublier.

J'avais appelé mes parents en Grèce pour leur cacher la vérité : j'avais une pneumonie. Quelques secondes après mon retour à la maison, j'ai reçu l'appel de Yéhouda. Je n'avais même pas eu le temps d'enlever mes bottes. Le garçon se proposait pour la deuxième fois comme voyant en ce 17 février. Il s'était inquiété et je ne savais pas pourquoi. Se sentait-il si seul ? Comment imaginer qu'un baiser sur la joue ait fait autant d'effet à un adulte ? Cette pensée vaniteuse m'émerveillait. Deux semaines avant mon admission à l'hôpital, il m'avait dit, en même temps que le sifflement du klezmer émanait des boîtes de son, qu'il ne s'était jamais autant confié que cette nuit-là. Et j'étais une femme. Et je n'étais pas la sienne. Mais cette pensée, il ne l'a pas ajoutée de vive voix. D'ailleurs, il ne l'a peut-être pas ajoutée du tout. Lorsqu'il m'a demandé à nouveau s'il pouvait venir me visiter, je me suis sentie soulagée.

— Vers quelle heure tu penses pouvoir arriver ?

— Où étais-tu, Neffeli, ces derniers jours ?

— Ce n'est pas important.
— Je serai chez toi dans une dizaine de minutes.
— Ce sera ouvert. Je vais être dans le salon.

C'était la première fois que Yéhouda prononçait mon nom. Je m'en suis rendu compte en raccrochant : il m'avait nommée. Mon nom ressemblait à celui d'un garçon juif. Je supposais qu'il trouvait cela étrange. Neftali était un nom biblique. Le mien, non. Ce devait être pour cette raison qu'il le prononçait si rarement. Le trouvait-il inapproprié ? Il ne m'a pas dit Neffeli souvent au cours de notre idylle. Cet après-midi-là, il est arrivé chez moi avec des films dont j'avais mentionné les titres lors de notre première rencontre. Yéhouda était un médium doté d'une grande mémoire : il retenait tout. Mais il était tombé sur une femme qui ne voulait jamais avoir besoin de compagnie et ne pouvait retenir les gens. Le garçon juif était toujours là, sans savoir qu'il s'agissait du moment idéal pour y être. Il réussissait à tout coup. Le voyant entendait mes complaintes, inaudibles à mes propres oreilles. Je ne criais jamais, mais Yéhouda semblait trouver mes supplications dignes de miséricorde. Comme s'il me percevait de l'intérieur.

— Où étais-tu finalement ?
— À l'hôpital.
— Pourquoi ?
— Je me suis fait opérer.

Dans son sac, en plus des films, il y avait des assiettes, des verres et des ustensiles en plastique. Des serviettes de table aussi. C'était au cas où il aurait à manger chez moi, dans sa vaisselle prête pour ses lois alimentaires. Yéhouda était là pour revenir. Il a lui-même rangé ses nouveaux effets personnels dans mon armoire. Il les laisserait désormais m'appartenir. Lui, il posséderait mon rangement. Il s'installait tel un gamin venu passer l'été chez une vieille tante célibataire qui habite une autre ville. Avec de la gêne et de la hâte. Avec l'empressement des vacances qui commencent. J'avais peur que des chaleurs reviennent me hanter, mais Yéhouda mangerait désormais avec moi. Après les films, Yéhouda a compris que j'étais triste. Et il m'a demandé ce qui me ferait plaisir. Il disait qu'il tenait à me changer les idées.

Il a précisé :

— N'importe quoi qui te ferait sourire.

Il croyait que, tout comme lui, j'étais seule au monde. Il savait que le fiancé était à Damas et mes parents, à Athènes. La manière dont je me terrais dans ce qui était devenu une tanière le faisait s'imaginer que j'étais aussi paumée que lui. Quelle farce ! J'étais une architecte, moi. Et puis j'avais de nombreuses amies. Et puis, après tout, si je me cachais, c'était par choix. Moi, je n'avais besoin de personne lorsque le temps était venu de me faire jouer dans les entrailles. En ce qui me concernait, je ne m'étais fait rejeter par personne : c'était à moi qu'incombait la tâche de cracher. Je ne répugnais à aucune communauté, contrairement à lui. Je n'avais jamais eu besoin de communauté. Ces groupuscules n'étaient bons que pour les faibles, les nostalgiques. Où je voulais sortir, je sortais. Ce soir même, je pourrais quitter ce salon, avec ou sans le fou. Entre le pour et le contre, j'ai choisi le pour : aller prendre l'air avec lui. Pour la simple raison qu'il avait une voiture.

— J'aimerais par-dessus tout que tu conduises. Sans arrêt, sans destination. Avec beaucoup de musique… n'importe quelle musique. Peut-être même toute la nuit, si tu peux !

Il est allé mettre son long manteau de pieux sans hésiter. Et là, devant moi, il a eu l'air d'un homme pour la première fois. Ma requête avait été prise très au sérieux. Il avait vu mon rêve tel qu'il était. Yéhouda me prenait en charge. Il m'a aidée à me lever. Il avait mis sur son visage, soudain viril, un air grave. Du genre « A man's gotta do what a man's gotta do. » Le garçon juif, lui, pourrait être mon chauffeur. Puis j'ai pensé un instant à mon lointain fiancé. Si j'avais demandé à Haïthem de conduire toute la nuit, il se serait sans doute arrêté après une demi-heure, non par manque de considération, mais par simple manque de hardiesse. Haïthem était un ange qui ne m'appartenait plus et, même s'ils sont souvent comparés, l'ange est plus flegmatique que l'enfant.

Yéhouda le gamin fou m'a donc emmenée en Ontario. Il y avait là une petite communauté hassidique qui vivait le long d'un rang. « Loin de toute ville », m'avait-il dit. C'était comme si les habitants avaient reconstitué un *shtetl.* Il savait que je m'intéressais à tout ce qui avait trait à l'habitation. Yéhouda ne devinait pas que c'était parce que je les jalousais. Tout d'abord parce que je n'avais pu être un habitat sûr. Et puis parce que la vraie maison pour moi était juive. The Jewish Home. J'en avais toujours eu, depuis l'enfance, une vision mythique : je l'imaginais éclairée toute l'année grâce au candélabre. Elle faisait mijoter une myriade d'enfants. Tous extatiques entre ses murs. La maison juive était consciente d'être un lieu de prières. Jamais close, elle ne s'assoupissait jamais. On y entrait comme dans un moulin. Et elle attribuait à chacun le grain du pain.

— Tu t'es fait avorter, c'est ça ?

— Quoi ! ? !

— Je suis pas con, tu sais.

J'avais honte. Devant lui c'était pire. Même s'il était mon aîné, il était trop jeune. Le garçon juif savait des choses qui n'étaient pas de son âge. Comme il conduisait, il ne pouvait me regarder en face. Je m'en trouvais graciée. Je me suis mise à sangloter comme une môme. Il a touché ma main : « Je ne suis personne pour te juger. » J'ai eu envie d'essuyer mes larmes avec l'envers de sa paume. Tous ses mouvements me fouettaient. J'avais cru qu'il serait trop petit, mon petit, pour déclencher un acte de guerre. Il faisait exprès pour me réveiller de ma vision hypocrite de mère. Il m'avait saisie. J'ai balbutié quelques mots sur Haïthem. Il ne comprenait pas et moi non plus. Nous avancions. Il savait que le dedans de mon ventre était nu. J'étais démasquée.

Lorsque nous sommes arrivés près de la colonie hassidique, il était déjà une heure du matin. Le profil de Yéhouda m'attirait comme un aimant : je m'en étais convaincue par quelques stratagèmes. Je l'avais fixé jusqu'à m'emballer d'admiration. Il me conduisait encore et encore. Grâce à la nonchalance de son expérience en tant que conducteur, ses efforts étaient concentrés sur la route. Il tenait le volant d'une seule main et avait l'air macho à souhait. Il regardait dans le rétroviseur en hochant la tête au rythme de la basse, comme dans les vidéoclips. Pourtant, j'étais certaine qu'il ne regardait pas de vidéoclips. Qui lui avait donc appris à être un homme moderne au charisme acheté ? Puisqu'il avait éventé mon secret, je devais reprendre le dessus. Tous ses gestes de pilote asséchaient ma bouche et il s'en doutait. Pendant ce temps, moi, je chargeais mes armes : je découvrais sa nuque. La perfection, façon Dieu de l'Univers. Une merveille ! Tout son corps étant enrobé dans des vêtements désuets, je n'avais jusqu'alors deviné qu'un genou couvert. Désormais assez près de lui pour sentir son odeur, je découvrais petit à petit les rares bouts de peau qui dépassaient de son costume. Je recommencerais à mener.

— Ton cou, il est sexy, Yéhouda.

Je ne savais pas si je devais rire ou crier après le soudain dérapage. La camionnette a atterri dans le fossé devant le faux village. Assis sur nos sièges, presque à la verticale, tout ce qui apparaissait était amoncellements de neige. Soudain, nous nous étions retrouvés, pas encore blessés, dans un creux entre la route déserte et le début d'un terrain. En plein milieu de nuit et de nulle part, il faisait froid et nous riions en nous retenant, comme s'il avait été défendu de s'amuser d'une telle situation. Après le glissement, Yéhouda n'a pas perdu contenance une seule minute. Il admettait qu'il n'avait pas su réagir de façon mature devant une femme reprenant ses forces. Le garçon juif était humble. Il avait perdu le contrôle de son véhicule devant mes représailles et ma voix qui répliquait. Yéhouda a essayé en vain de déprendre ses roues du fossé.

Une fois sorti du véhicule, Yéhouda a commencé à avoir peur que quelqu'un n'émerge du nouveau village ancien. Les lumières des résidences encore éteintes se situaient à une minute à peine de notre accident. Un de ses propriétaires se demanderait avec raison ce qu'une camionnette faisait là, enfoncée devant sa cour. Une de ces personnes qui serait à coup sûr un cousin d'une voisine d'une belle-sœur d'un oncle du garçon juif. Une de ces personnes le reconnaîtrait de quelque part. Nous étions perdus et contents. Aucune voiture ne passait sur notre route. Je crois qu'il neigeait, mais je n'en suis plus certaine. Une petite voiture, trop légère pour nous tirer, s'est arrêtée une vingtaine de minutes plus tard. Elle ne possédait, la pauvre, que deux portes et une conductrice qui nous a donné un numéro d'urgence pour une remorqueuse. Une lumière s'est allumée au loin, dans une cuisine peut-être. Nerveuse, la dame est partie après qu'on l'eut remerciée. Yéhouda était calme malgré l'émeute de manteaux noirs qu'esquissait, en silence, son imagination.

— Quelqu'un ouvre sa porte. Je vais essayer de le retenir dans son entrée.

Je suis descendue dans le fossé et je suis retournée m'asseoir dans le véhicule, qui ressemblait à un jouet, une cachette dans la neige. J'ai mis de la musique grecque quelques secondes (question de m'imaginer ailleurs que dans ce trou), puis j'ai éteint le contact dès que l'homme est apparu dans l'embrasure de sa porte. À mon sens, Yéhouda et lui parlaient depuis trop longtemps. Je me demandais ce que racontait le garçon juif pour sa défense. Ça occupait mes pensées pendant que j'attendais. Puis c'est soudain devenu très clair pour moi : j'aurais, dès mon retour à Montréal, une autre histoire hilarante à raconter aux copines ! Je l'évoquerais avec des gestes amples lors de notre prochain souper. Je souriais, seule avec les photos des chanteurs grecs dans ma tête.

Quelqu'un a alors cogné à ma porte. Yéhouda m'a dit en à peine trois secondes, en me tendant son téléphone portable, d'appeler le numéro sans frais suggéré par la dame. Il avait la situation bien en main, alors que l'autre était parti chercher des pelles. Et il ne devait pas être si loin puisque j'ai entendu sa voix directement dans mon oreille. J'ai baissé le siège et fait semblant de dormir. Mes quelques notions d'allemand m'ont permis de comprendre quelques mots de yiddish. Je n'ai jamais vérifié, mais le garçon a sûrement ajouté que cela faisait un moment que nous nous trouvions au centre de cette comédie. Nous avions préféré demeurer à la verticale dans la neige plutôt que de réveiller une famille entière. C'est que Yéhouda avait les mêmes talents d'acteur que moi. L'improvisation serait, sans conteste et à partir de maintenant, notre art de prédilection. Nous étions efficaces et travaillions dans la fierté. Je me suis presque endormie tant j'étais bien installée sur la chaise de mon personnage. L'homme, armé d'une chaîne et d'une camionnette pour nous tirer de là, a cru impudique de dévisager la femme assoupie. Ma tête aux yeux clos tournée en direction opposée au hassid et couverte d'un châle jouait, avec autant de talent que moi, en ma faveur. Après avoir essayé en vain de nous sortir du pétrin, l'homme a abandonné. Il tenait à attendre la remorqueuse avec Yéhouda. Ça devenait de plus en plus improbable qu'une sœur dorme aussi longtemps à moitié debout sur son siège. Avec sa capacité à convaincre, mon chauffeur a donc renvoyé au bercail le sauveteur.

Tout ça pour un cou de tête.

Et j'étais là, dans un fossé, le soir de ma sortie de l'hôpital, après que l'on m'eut gardée pour une infection majeure suite à mon avortement. À côté de moi, un garçon juif en pleine mutation. J'ai embrassé son cou. Personne n'avait jamais embrassé son cou. Puis je me suis approchée de sa bouche. Mon fils, je t'apprendrai à respecter les plus forts. Nous avions beaucoup de temps à écumer jusqu'à ce que l'on vienne nous secourir. Il m'a regardée droit dans les yeux, alors que je déposais un baiser sur ses lèvres. Et là, dans le fossé devant les maisons, je n'ai pas réussi à injecter du trac au garçon juif. Il n'avait pas peur : il embrassait tel un homme prêt.

10

Nous sommes en quelque sorte devenus des amis, Yéhouda et moi. J'aimais perdre mes journées en sa compagnie. Rien n'était sérieux avec lui. Il ne travaillait qu'occasionnellement, et moi, j'étais en congé, comme une adolescente qui sèche ses cours. Le garçon juif me rendait délinquante. Nous ne faisions rien de grave, mais le seul fait d'être ensemble me rendait spéciale. Un hassid venait regarder des films chez moi : quel bonheur. On se parlait souvent au téléphone. C'était toujours lui qui appelait le premier. Il égayait ma vie : Yéhouda riait beaucoup. Une nuit sur deux, le pieux dormait chez moi. Il s'émerveillait de toutes les petites choses nouvelles qui passaient sous son nez. Comme des bulles de savon, ses expériences avec moi lui éclataient au visage. Et il jubilait. Je lui avais mis de la boue sur les paupières. Depuis, il voyait.

Deux jours après être tombés ensemble dans le fossé, nous sommes à nouveau montés en voiture. Il s'est attardé au feu jaune jusqu'à ce qu'il devienne rouge. Il s'est tourné vers moi. Yéhouda avait offert de me reconduire chez une amie. « J'ai fait exprès pour manquer la lumière. Je n'ai pas envie que tu partes. Je cherche des excuses pour rester plus longtemps avec toi. » Jamais il ne m'épargnait les détails. Il a demandé de me voir le jour suivant, après le Shabbat. Il voulait se prélasser tous les lendemains chez moi, laisser défiler tous les feux de circulation.

Mia croyait que j'étais amoureuse. Mon amie avait toujours était bonne au jeu de l'exagération. Toute la journée d'après, j'ai rêvé de lui. J'étais invitée dans ma famille éloignée ce samedi-là, partout on parlait grec, tandis que moi je n'entendais que l'accent de Yéhouda dans mon esprit : une tonalité mêlée à de l'anglais. Je comptais les heures jusqu'à ce que le soleil se couche. À la noirceur, il serait de nouveau à moi. Je l'avais prêté au Shabbat, mais cela tirait à sa fin.

Lorsque enfin Yéhouda est arrivé à ma fenêtre, je me suis précipitée dehors sans même mettre mon manteau. J'ai essayé de toucher son bras, j'étais heureuse de le revoir. Il s'est défilé comme un automate dont les articulations manquent d'huile. Où était mon conducteur de la veille, celui qui voulait partager toutes les intersections avec moi ? Nous avons marché jusqu'au coin de la rue en silence. Yéhouda avait l'air grave, il prenait ses distances en marchant à mes côtés. L'air sentait la mauvaise nouvelle qui gronde. Il m'a dit : Nous ne pourrons plus jamais nous revoir, Neffeli.

Je me suis assise dans la neige. Je me serais assise n'importe où. Mais à quoi donc ressemblait ma vie avant lui, à quoi étais-je occupée il y a deux semaines à peine ? Depuis que Haïthem était parti, je n'étais qu'une enfant qui pleurait, faute de jouets. Yéhouda était agréable à tâter. Il n'avait même pas pris le temps de me consoler.

— Non ! Je ne veux pas que tu partes.

Pas toi aussi, petit garçon. J'avais déjà érigé Yéhouda en bâton de vieillesse, je l'avais toujours imaginé collé à moi. Fini de m'appuyer sur lui. Il m'a expliqué qu'il se sentait trop coupable et qu'il lui était impossible de vivre deux vies parallèles. N'avais-je pas toujours connu le garçon juif ? Si j'avais déjà été vivante avant qu'il n'apparaisse dans cette salle d'urgence, je n'aurais su le dire. Je sentais toutes les peines d'amour en même temps monter dans mes yeux. Loin dans son regard, je revoyais tous les départs de tous les hommes de tous les villages. Il y en avait dans des bateaux, d'autres dans le désert. Hier ou dix ans auparavant. Beaucoup de ces visages sentaient le sang : ils partaient pour la guerre, il y a cent ans ou mille ans. J'étais assise à la morgue ou à l'aéroport. Ils se retournaient, les hommes, pour me dire au revoir.

— Ne t'en va pas, Yéhouda.

— Je vais mourir si je demeure près de toi.

J'ai failli crier « Ce n'est pas grave ! », mais je me suis retenue.

11

Yéhouda est parti. Puis revenu. Puis à nouveau il est parti. Je lui manquais trop. J'appelais au restaurant où il travaillait désormais et, lorsque c'était lui qui répondait, je me pétrifiais et, comme la statue, je me taisais. Lorsque c'était le patron, je raccrochais sans hésitation. J'attendais quelque temps dans une cabine téléphonique ou dans ma chambre que mon garçon juif rejette mon mutisme et qu'il me prive de sa respiration lointaine. Parfois, c'était assez long avant qu'il ne raccroche. Il faisait semblant que ce n'était pas moi et disait quelques mots : « Qui que vous soyez, vous pourriez au moins dire bonjour ! » Il ne rappelait jamais. Pour avoir une conversation avec lui, il fallait que ce soit lui qui tende l'appât. Depuis la note collée à ma fenêtre, je ne lui avais parlé qu'une seule fois. Une petite minute, juste le temps de me dire qu'il était dans le pétrin et qu'il ne savait pas quand on pourrait se revoir ni même si la chose serait un jour possible. Il avait pris conscience que, dans son cas, il était légitime d'être paniqué. Sa mère n'avait pas cessé de pleurer depuis qu'on lui avait annoncé que son fils unique était un ingrat.

Un voisin de la famille Leibovitz nous avait surpris ensemble une nuit, alors que nous marchions sur le trottoir. Moi devant, Yéhouda derrière. Il ne me laissait pas marcher à sa suite, par galanterie. Nous parlions et parfois je me retournais pour lui faire une grimace ou un clin d'œil.

D'habitude, c'était moi qui m'appliquais à marcher à la suite des promeneurs, en général des inconnus. J'aimais marcher ainsi derrière les gens. Parfois, lorsque je rencontrais par hasard des Grecs, je les suivais quelques pas durant. Cela survenait surtout lors des journées où Père et Mère me manquaient particulièrement. J'allongeais ma route, parfois de façon considérable. Je restais derrière ces promeneurs en les écoutant parler. De n'importe quoi. Avec le langage paternel, et le langage du fiancé aussi, puisque je faisais la même chose pour l'arabe. Puisque Haïthem était trop loin depuis trop longtemps, je marchais derrière les jeunes hommes qui avaient son allure. Ils n'avaient jamais la même voix que lui, rarement le même dialecte. Mais je faisais semblant que le fiancé n'était jamais parti. Et Père non plus. Je les entendais tous deux dans ma ville. Lorsque me parvenaient les échos de leurs voix, je restais toujours quelques instants à leurs trousses comme une ombre. Ceux qui m'avaient quittée, je les entendais par la bouche des passants d'ici.

Non, Yéhouda ne me laissait jamais marcher derrière lui. Il s'en voulait beaucoup de m'imposer une distance et s'offrait en suiveur. Dès que nous marchions dans le ghetto, celui de nos enfances, lui et moi prenions nos places habituelles, sur un modèle vertical. Il était l'homme, il tenait à être à la suite de moi, à se rendre lui aussi là où j'arriverais la première.

De nous deux, j'étais celle qui redoutait le plus les yeux des voisins hassidiques et surtout leurs bouches. Mes amies demeuraient toutes dans mon ancien quartier et Yéhouda y habitait toujours. Le quartier était dangereux, mais nous ne pouvions faire autrement que de nous y trouver sur une base régulière. Le garçon juif aimait le danger que je représentais lorsque je m'additionnais à lui.

Un jour que je me trouvais chez Mia, il est venu me chercher avec la camionnette de son père. Puis il m'a emmenée faire des courses près du resto où il travaillait. Il nous avait laissées dans un stationnement, la camionnette de papa Leibovitz et moi, à la vue de toute la communauté pendant qu'il faisait ses achats. De peur que l'on me découvre, j'ai décidé de me coucher sur le siège, entre les journaux écrits en yiddish et les canettes de Coca-Cola vides. J'étais la protagoniste d'un western religieux et j'en ai profité pour lire les circulaires, allongée sur le faux cuir. J'ai souvent cru par la suite que Yéhouda m'avait utilisée pour punir les siens. Il souhaitait en secret qu'ils me débusquent. Yéhouda me gardait près de lui afin de tenir tête, faussement, à sa communauté. Il faisait exprès pour que l'on soit repérés. Il désirait être acculé au pied de son mur lamentable. C'est que Yéhouda ne pouvait me laisser et il avait le besoin inassouvissable que quelqu'un de chez lui le force à venir à bout de moi. Alors que dans les débuts de notre liaison, il jouait à se terrer, plus le temps avançait, et plus il prenait des initiatives irréfléchies. Je tentais de l'en dissuader, pas toujours avec conviction.

Yéhouda s'était loué pour quelques mois un petit studio, le temps que son père termine des rénovations à l'intérieur du domicile familial. Les sœurs Leibovitz ayant toutes beaucoup d'enfants, aucune d'elles n'avait une chambre pour leur frère. Elles avaient assez d'accueillir leurs petites sœurs qui n'étaient pas mariées. Pour être près de sa synagogue, le garçon juif avait décidé de rester dans le quartier hassidique. Il avait aussi décidé de m'attirer dans son studio aussi souvent qu'il en avait envie. En plein cœur du ghetto ! Je n'ai jamais refusé une invitation à dormir chez mon pieux. Et ce pour quoi il avait prié sans relâche et sans en avoir même conscience s'est produit : nous nous sommes fait surprendre. Quelqu'un avait aperçu une demoiselle avec un jeune hassidique divorcé, quelqu'un allait donc tout faire pour sauver l'homme faible de la débauche. Alors que l'on en informait une maman Leibovitz honteuse, la demoiselle, elle, ne savait pas où se trouvait son jeune homme. Elle savait elle aussi qu'il était faible. Elle se doutait qu'il avait tout fait pour faire pleurer sa mère. Yéhouda m'avait vendue.

Un homme inquiet, lui aussi vêtu de noir et de blanc, était passé en voiture près de nous ce dimanche soir-là. J'imagine que la première fois, même s'il a dû reconnaître Yéhouda, il a fait plus ou moins cas de la jupe balayant ses pieds. Ma présence, située à quelques mètres de mon amoureux clandestin, ne voulait de prime abord rien dire. Au début, je n'étais qu'une marcheuse comme les autres aux yeux du conducteur. Je me doute que c'est la deuxième fois, alors que l'on était presque arrivés à la porte de l'appartement de Yéhouda, que le voisin hassidique a dû se rendre compte qu'un péché allait être commis : le divorcé suivait la même femme qu'auparavant, et à l'exacte même distance. Lui et moi n'avions rien remarqué. Lui et moi étions trop occupés à marcher à la queue leu leu sur le trottoir.

Environ une semaine plus tard, j'ai cessé de recevoir des nouvelles du garçon juif. J'étais persuadée que ce n'était pas une autre de ses crises, puisque aucun signal avant-coureur n'avait émergé de sa peau. J'avais l'habitude qu'il pleure, me fasse frémir d'inquiétude et qu'il crie sans émettre de son avant que je ne pressente son éclipse. Rien de tout cela ne s'était produit. Je le cherchais sans répit et n'avais eu de repos, cette semaine-là, que pendant le jour de Shabbat, alors que je savais qu'il ne pouvait me téléphoner. Et même s'il avait souvent marché jusqu'à chez moi avec son énorme *shtreimel*, je savais que cette fois-ci, ce ne serait pas le cas. Je n'avais aucun moyen de joindre Yéhouda depuis qu'il s'était débarrassé de son téléphone portable. Il n'était pas au restaurant non plus. Je me vautrais dans l'appréhension, et ce, même si je ne savais rien de cette histoire d'homme qui nous avait surpris en flagrant délit de promenade.

Les nuits suivant sa disparition, j'attendis sans broncher que quelqu'un sorte de la tour à logements contenant le un et demie de Yéhouda. C'était mon seul moyen d'entrer dans la bâtisse. Je cherchais mon perdu. Il y avait un escalier d'urgence par lequel je pouvais passer, suivi d'un balcon grâce auquel je pouvais voir à l'intérieur de sa chambre. La première fois que je suis allée me poster sur le petit balcon donnant sur la seule fenêtre du minuscule logement, j'ai ressenti un grand frisson de soulagement : le ventilateur de Yéhouda tournait sur lui-même. Je me suis dit, pleine d'espoir, que puisque l'engin bougeait sans cesse mon garçon juif devait être là en train de prendre l'air. Il était en vie. Malheureusement, la seule chose qui vivait à l'intérieur de ces quatre murs était la machine elle-même. Elle tournait, sans relâche. La salope. Le ventilateur de Yéhouda semblait impitoyable. Je le détestais de ne faire du vent pour personne. Le lit était vide. La plupart du temps, il était passé minuit lorsque je me payais la scène du ventilateur. Il était sûrement parti pour plusieurs semaines. Mais où ? À New York, à Meah Shearim, à Anvers ? Je n'en savais rien. Peut-être l'avait-on chassé afin que je sois évacuée du ghetto ? J'avais peur d'être proscrite du quartier qui m'avait connue avant lui.

Parfois il pleuvait, lorsque je venais, à bout, de redescendre du balcon. Je parvenais toujours à ne jamais trouver de taxi et à devoir marcher dans la nuit comme une paumée. Et cette image de ventilateur qui tourne. Et cette image de Yéhouda baignant dans son sang. Quelque part. Je tentais de répudier l'image de sa douleur. Je ne pouvais concevoir un autre enfant qui saignait. Qui m'avertirait s'il mourait, moi, l'anonyme ? Le lendemain, j'ai entendu un bruit à ma fenêtre.

Mes réflexes m'ont trahie. Je n'ai pas réagi au bruit assez promptement. J'ai pensé me lever sur-le-champ, mais nous étions aux aurores et la paresse m'a ensevelie. Lorsque je suis parvenue à ma fenêtre, il y avait déjà une note qui y était collée. « Je dois disparaître. Ma mère sait tout, elle pleure nuit et jour. » Il avait oublié d'indiquer qu'il l'avait fait exprès. Yéhouda aimait la tragédie. Et moi, j'aimais Yéhouda. En Grecque que j'étais, la tradition voulait que ce soit moi qui l'emporte : je gagnerais toujours au jeu du tragique. J'ai donc décidé de courir derrière lui pour le rattraper, il était sept heures du matin. Tout le monde savait désormais pour Yéhouda et moi. Je savais que mon garçon juif était de retour en ville. J'ai d'abord couru à gauche, puis à droite. Jusqu'à ce que mes jambes me lâchent. Je courais derrière un chauffeur qui me fuyait sur quatre roues, derrière un petit garçon hassidique retournant se camoufler parmi les autres uniformes. Une seconde femme désormais pleurait pour lui. J'imaginais Yéhouda, le peu courageux, s'abreuver des larmes de sa mère. De cette forme d'eau qui oblige à rester enfant, à pirouetter sur soi-même sans avancer.

À tourner dans la même logique qu'un ventilateur.

La muraille

[lettre à cacher sous mon matelas]

Avant que je te trahisse, Haïthem, je ne ressentais aucune pudeur à flâner aux alentours des églises ni à embrasser les icônes. Mais moi, la future épouse, je t'avais confié la tâche de partir seul au chevet de ton père alors que j'étais restée ici pour mieux me faire avorter de nos fiançailles. C'est en secret que j'avais fait extraire ta bague de mon ventre. Je me suis ensuite éprise d'un enfant et je me suis occupée de lui en revêtant la robe de la judas, en lui révélant ses dessous. On m'avait dit que Dieu m'aimait quand même et je l'avais cru. Dans chaque village visité pendant les vacances d'été se trouvaient une église blanchie à la chaux et, face à elle, une fontaine. Devant les petites églises, l'eau coulait. Lors de mes voyages précédents en Grèce, je remplissais ma gourde sans honte. Je pouvais me désaltérer avant que je te mente, alors que je te méritais.

À partir de maintenant, je n'accepterai plus de traîner dans la cour fleurie des églises. Ma tête sera désormais couverte et mes jupes seront longues lorsque je franchirai leur seuil. En baissant les yeux, je m'empresserai d'embrasser la main droite de tous les popes que je croiserai. Durant toute la liturgie, je demeurerai agenouillée, je ne me permettrai pas de m'asseoir. Le seul son des clochers de midi me fouettera. On m'a dit que Dieu voyait tout et je l'ai cru. Il a donc vu que j'avais dormi avec un autre homme, un garçon qui se voyait grand dans sa piété. Il comprenait donc que lorsque j'apercevrais la mer lors de mon prochain voyage en Grèce, je rêverais de toi. Et Dieu réaliserait que je le faisais en cachette.

Sur les murs intérieurs des églises, des saints aux mains droites surélevées. Mes lunettes n'empêcheront pas leurs regards de me percer. Les personnages, avec leur main haute, me diront : « Pas toi », sans bouger leurs lèvres peintes. On m'a dit que Dieu et ses amis ne se vengent pas, pour la seule raison qu'ils sont parfaits dans leur divinité. Mais sous leur emprise se métamorphose la personne blessée. Elle se transforme rapidement dans notre esprit en un ange misérable. Voilà peut-être d'où proviendrait le scrupule lorsque l'on croit avoir la foi. Je crains que toi, personne atteinte par ma faute, ne sois devenu l'un des leurs, un élu. Que ta douleur ne t'ait entraîné plus haut au-dessus de moi, au-dessus des mains droites des murs.

Je n'ai jamais cru que Dieu punissait les Hommes.

Jusqu'au jour où je t'ai fait souffrir par mes erreurs. J'ai soudain eu peur de Lui. Il me hantait malgré mes prières intarissables. Et je ne sentais plus cette odeur d'échappatoire qui parvenait à mes narines lorsque la prière était dite. J'ai cru que Dieu allait me saigner à blanc. Puis j'ai fait une longue hémorragie quand tu es reparti au chevet de ton père après ta visite et que j'ai prononcé le mot « adieu ». Je ne pouvais sortir : j'aurais laissé la trace de mes remords sur les goudrons. Je me répandais sur place, faisant des stigmates avec ma chaleur. Je m'étais vidée, trop détestée moi-même. Tu ne trouves pas que le mot « adieu » ressemble à un petit ver blanc, au petit lombric de la gangrène ? Me pardonneras-tu pour cet asticot de cinq lettres ?

12

Le garçon juif m'avait franchie, il m'avait escaladée : j'étais le mur de sa plante grimpante. Il m'avait tapissée un peu plus chaque jour de longues tiges. J'en avais eu jusqu'à l'intérieur des fenêtres. Mais il voulait me fuir à présent et, pour le retenir, j'étais prête à élaborer un nouvel itinéraire. Il était désormais clair que s'il ne pouvait rester sur moi, je grimperais alors vers lui.

J'ai cru bon de chercher le mot « convertir » dans le dictionnaire. Il était désormais clair pour moi que s'il ne pouvait venir dans ma direction, je marcherais donc dans la sienne. Les synonymes du verbe convertir étaient nombreux. Moi, j'avais l'intention d'ajouter le verbe « avorter » à la liste. Lorsqu'on se convertissait, on avortait certainement d'un peu de son ancien soi. Je me demandais jusqu'à quel point une personne pouvait se transmuter, alors que je notais les mots sur le papier. Je faisais n'importe quoi pour tuer le temps : j'attendais de trouver une astuce pour précipiter le retour de Yéhouda.

Mais jusqu'où pourrais-je aller afin d'arriver au bout de moi ? Sur combien d'hectares gisait Neffeli ? Le moment final de cet étirement était impossible à prévoir alors, mais je me distendais sans cesse et attendais en vain l'adynamie de mon ruban. Penser à le retrouver était ma seule façon de contrôler notre lien. Je voguais vers un homme intouchable. Mon enfant en était peut-être devenu un lui aussi, un homme lointain. D'habitude, je m'éloignais tant pour les atteindre que je perdais de vue cette berge mienne. Je croyais pourtant qu'elle existait, car tous possédaient une partie de rivage. Pour l'instant, cette dernière était déserte et je faisais des plans, des listes, des jeux et des pièces de théâtre afin de trouver un moyen de me rebrancher au garçon juif.

Spéculer sur un littoral nouveau était aussi un bon passe-temps. J'écartais l'appartenance qui m'avait à l'origine été destinée depuis que Yéhouda m'avait envahie. Sans pouvoir préciser la distance exacte, parcourue à la folie, depuis qu'il était en relief sur la *map* de ma vie, je doutais que j'étais déjà loin de moi. C'est peut-être parce que je n'ai jamais côtoyé ma propre grève, même avant son arrivée, que je me sentais si démunie. Je ne connaissais pas les promenades sur mes galets, ni la douceur de mes coquillages échoués : je ne faisais que quitter une certaine maison. Mon avorton était une conversion pour mon gîte. Si je pouvais dessiner mes trajets cérébraux, le temps filerait-il davantage ?

M'éloigner de cet étrange amoureux me faisait m'éloigner d'une odeur de sucreries maternelles que je n'avais jamais respirée avant lui. L'arôme était parvenu jusqu'à moi en même temps que ses lèvres. L'espace que je n'avais jamais célébré me manquait. C'était un espace que lui seul comblait : c'était l'espace du sacré. Je sentais que si je suivais mon instinct, je me dirigerais dans le sens contraire du seul emplacement que connaissait le pieux. Mais je ne pouvais plus suivre mon ordre personnel, je ne pouvais que suivre Yéhouda. Je savais qu'il s'agissait d'un piège, mais j'avais décidé de chasser les croyances que l'on m'avait inculquées. Mes propres retrouvailles viendraient plus tard. Je piétinerais exprès les chemins pavés de roches pointues, ceux-là qui ne mèneraient nulle part. Pas même à la ligne de mon faux départ.

Je choisirais les routes passant par la montagne plutôt que par la mer, et ce, en sachant très bien que j'habite la côte. Je me réjouirais d'être une non-convertie lorsque enfin je me trouverais. Pour l'instant, je considérais que le détour en compagnie du garçon juif valait la longue escale. Je cherchais à le rejoindre même en sachant que notre rencontre ne serait que partielle. Mais je me préparais tout de même à entreprendre la longue traversée. Rien que pour gagner du temps avant de l'arracher de moi.

D'habitude, c'est le petit qui prend la religion de sa mère. Moi, je serais différente : j'adopterais la religion de mon nouveau garçon. Je pourrais être une femme aux pratiques fixées dans le temps. Posséder, moi aussi, des lois écrites à retransmettre. C'était étrange comme depuis que je côtoyais le garçon juif, chaque vendredi soir, je me remémorais un Shabbat en famille que je n'avais jamais vécu. Je m'inventais des nostalgies : je n'étais pas juive. Mais mon garçon lui, juif, il l'était. Malgré tout et à deux, nous nous étions confectionnés en un épais collage. Nos épidermes s'étaient attachés l'un à l'autre lors de notre rétablissement, tel le pus qui colle à l'infection. Deux morceaux charnus qui cicatrisaient en se confondant pendant leur rapprochement. Ardu de découdre, avec les doigts, les deux portions de corps. Malaisé de les différencier aussi. Yéhouda et moi, nous nous étions affiliés à force de recueillir mutuellement les lambeaux de nos peaux. Et devenir son sosie me ferait me perdre encore plus. C'était le seul moyen de le garder.

De façon abrupte, une fois par mois environ, il se disait délictueux (je le croyais pour ma part délicieux). Plus le temps passait, plus il prolongeait les intervalles entre ses visites. Pour que le deuil permanent cesse, je le rejoindrais, je me métamorphoserais. C'était ce qu'il voulait. Je faisais parfois de chétifs efforts.

À contre-courant, je nageais, toujours dans sa direction. Je me décalais vers lui : je faisais semblant de vouloir changer de religion. Pour me réveiller le matin, il susurrait à mon oreille la question cruelle : Serais-tu prête à tous les voyages pour mourir à mes côtés, pour être cent ans avec moi ton mari ? Je faisais comme si le sommeil était plus prometteur que lui et ne pouvais m'en défaire.

Les matins où il n'occupait pas mon lit, une autre voix que celle de Yéhouda susurrait au-dessus de mon éveil. Elle annonçait à la femme que le cœur en elle ne battrait plus. Moi, cette affligée qui passait une échographie, allongée et seule, et qui comprenait que, sans miracle, la vie s'éteindrait. Ma manière d'espérer consistait à m'incruster sur n'importe quoi. Mon dévolu avait bien sûr été jeté sur le garçon juif : ainsi, je faisais des recherches et prétendais devoir me convertir pour Dieu lui-même. Je me persuadais, en hypocrite, que je palperais ainsi la vérité de Sa Loi. Et je célébrerais ainsi l'arrivée de mon Messie personnel, Yéhouda. Je m'introduirais en offrande pour le célébrer, le garçon juif aux longues boucles. Cela consistait à faire semblant de croire, à changer de prophètes, d'habillement, de vocabulaire, de calendrier, de maison et de prières. Rien d'important, seulement quelques-uns de mes détails. Se choisir de nouvelles particularités, voilà ce qu'il restait à faire. Les détails ne devraient pas être un aspect vital de ma foi. Je n'avais qu'à arpenter des domaines tout neufs, et le garçon juif serait à moi.

Je devrais aussi manger autre chose. Voilà où l'écueil commençait à se faire goûter. La nourriture était ma seule forteresse, le seul bataillon que je ne voulais pas dénoncer, le dernier port à céder. En mettant de nouvelles combinaisons sous ma langue, me sanctifierais-je assez pour lui ? Ferais-je partie de sa vaste famille en ne mariant pas le lait et la viande ?

Les aliments avalés avant le bain de la conversion me seraient-ils pardonnés, ou bien leur goût serait-il à jamais déposé sur mes papilles comme une tache ? Moi, j'accepterais, si toutefois c'est permis, de soulever la tache de mon christianisme. Et puis, ai-je vraiment le choix, puisque je l'ai en moi…

Le battement perceptible à l'échographie solitaire reprendra si je me nourris selon les rites : j'ai confiance. Alors que tout sera kasher dans mon placenta, je pourrai le garder prisonnier de ma gestation en paix. Il communiera à chaque repas, son âme n'aura plus jamais faim. Une femme comme moi peut-elle être responsable d'un garçon juif ? Et pourquoi je sacrifierais, moi, ce que lui ne sacrifierait pas ? Pourquoi apprendre des commandements qu'il ignore désormais, alors qu'il s'abreuve de ma proximité la nuit ? La seule loi dont il ne se soit pas débarrassé est celle de la kasheroute, la seule que je ne comprends pas. Il le fait exprès, c'est certain. Yéhouda à la kippa de velours peut bien faire ce qui lui plaira : il est né juif, peu importe ce qu'il trompera. Moi, je donnerai des preuves de judéité pour deux afin d'avoir le droit à la grâce de le porter, le mérite d'être sa mère convertie. Il nous faudra alors trouver un moyen pour qu'il puisse consommer sa femme et le lait de sa femme.

13

Au début avril, je tentai quand même le tout pour le tout. J'ai trouvé quelqu'un à qui parler de mon appétit d'agglutination avec le pieux : la vieille dame juive orthodoxe qui faisait le ménage au cabinet. Elle appartenait à la famille d'une connaissance du patron, elle était veuve. Nous marchions ensemble lorsque nous finissions en même temps. Un jour que mes cheveux allaient au vent et qu'elle semblait les regarder, elle m'a fait un compliment : « On dirait que tu portes une perruque ! » Lors de l'achat, elle défaisait toujours les élastiques de la sienne situés au niveau des tempes afin qu'elle soit moins serrée sur sa tête, m'avait-elle confié. Enlever ses faux cheveux était toujours la première chose qu'elle faisait dès son retour à la maison. C'est ce jour-là que nous avons abordé le sujet délicat de la femme.

Ainsi j'ai fini par tout avouer à la dame aux cheveux, donc j'enviais l'inertie. Je lui ai confié mon amour pour le garçon juif, et ce, même si tous mes collègues m'avaient prévenue qu'elle était devineresse. C'est vrai qu'elle avait les yeux creux. Elle provenait d'une famille de *tzadik,* des saints. Dans sa famille, il y avait eu des miracles, à ce qu'elle disait. Comme ses enfants étaient déjà mariés, elle s'occupait de dénicher des époux restés jusque-là introuvables pour les célibataires de sa communauté. Je lui ai donc dit que le garçon juif voulait m'épouser après mon éventuelle mutation. Je lui ai dit que je ne prononcerais jamais son nom.

Elle m'a alors parlé de folklore.

« Une fois l'effet d'étonnement folklorique disparu, tout viendra à disparaître. Lorsque le fruit ne sera plus défendu, celui qui sera devenu ton mari le sera, lui. Une fois le mystère de l'exotisme dissipé, il sera impossible de vous résoudre à aimer vos similitudes. Ainsi, une fois fondue en lui, la femme que tu étais et qu'il désirait ne pourra se recomposer. »

Elle m'a aussi parlé de cuirasse.

« Après le dais nuptial et la nuit de noces, alors qu'aura pointé l'heure des compromis et des réquisitions de changements, s'ensuivront les mutilations. Car lui demander de faire des concessions dans la manière de vivre son judaïsme sera comme lui gratter la peau. La Torah est son manteau de chair. Sa compréhension de Dieu est ce qui le couvre et chaque écorchure provenant de vos cris, de vos échanges incompréhensibles aura un effet direct sur cette couverture. À la longue, toi, sa femme désormais comptée parmi les Filles d'Israël, tu finiras par couper vive sa peau hassidique. Par le découdre de sa propre enveloppe. »

Elle m'a aussi parlé d'alliance.

« Ne va pas penser qu'il sera plus près de toi à la suite de ta conversion. En fait, plus tes désirs normaux de lien agiront telle une purge sur ton mari, moins tu pourras poser tes doigts sur son corps. Chaque étirement pour faire un avec toi le démembrera. Chaque pulsion te poussant vers lui t'enlaidira à ses yeux. »

Je me suis alors surprise à penser que j'aimerais volontiers, en le grafignant, lui faire du mal. Comme offrande de ma part, une vie de cicatrices, une vie de balafré pour le garçon juif. Pourquoi garderait-il une peau lisse si c'était pour vivre sa vie en dehors de moi ? Non, vraiment, c'était trop facile. Les solutions de la sage ne servaient qu'aux femmes distinguées et filiformes dans leur tête. Elle s'était crue poétique, la pythie ! Mais moi, je ne fuirais pas.

Une semaine plus tard, j'en voulais plus de ses mots, comme pour qu'elle annule ses sornettes lancées à tous ceux qui ne sont pas entichés d'une autre personne. Tous ceux qui n'attaqueraient pas. Ce lundi-là, je ne savais pas où la sage m'amenait, mais je la suivais quand même. J'avais l'impression que cela la plongeait dans l'amertume que je veuille un garçon juif. Beth était vieille, mais un homme lui avait déjà appartenu à elle aussi. Maligne, c'était une femme qui avait peut-être su aimer. Elle percevait sûrement la situation comme si j'étais en train de faire taire une louange. D'empêcher une âme du peuple choisi de procréer des enfants juifs, en la tenant par la peau du cœur. Elle faisait semblant de se confier à moi. Elle m'expliquait, sur le ton d'une fausse plainte, combien les préparatifs des fêtes étaient complexes. Elle me disait que juste avant Shabbat, l'autre jour, elle avait cru qu'elle s'était trompée d'heure : cela lui avait donné des sueurs froides dans le dos. D'après ses dires, le seul fait de me raconter l'anecdote lui donnait des vertiges. Elle avait cru qu'elle était en retard pour l'allumage des bougies. J'aurais bien voulu, moi aussi, être obligée à la lumière jusqu'à en trembler. Devoir accomplir tant que j'en souffrirais lorsque je faillirais. Au contraire, je ne dois rien à Dieu. Il ne m'attend jamais, je ne dois éclairer aucune de ses journées. Et si Beth avait raison ? Et s'il fallait se laisser frissonner par la peur des règles, à l'intérieur ?

Nous marchions donc après le travail, elle et moi. Les autres architectes se demandaient de quoi je pouvais bien parler avec cette femme. Je savais très bien que je devais arrêter de me confier à elle. À ses côtés, j'avais toujours ressenti que je parlais trop : la peine prenait le dessus sur moi chaque fois que ma bouche s'ouvrait. Je retenais mon chagrin comme le filet retient l'eau. Elle savait comment me soutirer de l'information, elle était intelligente et posait les bonnes questions à la bonne fréquence, en omettant de parler d'elle. Beth détournait toutes les questions qui lui étaient adressées. Je devais me taire devant ma propre curiosité. Elle pêchait les mots dans le fond de ma gorge. On m'avait mise en garde contre elle, et moi je lui racontais tout mon conte passionnel sans pudeur. Des choses que je ne disais à personne, la vieille prophétesse juive orthodoxe les récoltait dans son panier. On me suppliait de me protéger d'elle tandis que je me débridais avec son approbation.

Elle aimait à répéter qu'elle tenterait tout pour me présenter quelqu'un qui me conviendrait, c'est-à-dire un non-juif. Elle m'a découragée lorsque j'ai entrepris des démarches pour me modifier. Et lorsque je répondais « non » à la question : « As-tu pris rendez-vous avec le rabbin finalement ? », elle semblait soulagée que le garçon juif dont je lui parlais, et qui était sien, soit sous peu libéré de moi. Beth me tenait en filature afin de m'éloigner de Yéhouda. J'avais réussi jusque-là à ne pas lui dévoiler son nom. Elle l'appelait sans cesse « le beau grand blond » : une tactique pour apprendre sa taille et la véritable couleur de ses cheveux. Je souriais, elle savait que je finirais par cracher le morceau. Devant elle, je n'étais qu'une tête découverte d'où s'évadait l'intimité de mes pensées. Elle n'inspirait pas confiance et ce qui émanait de ma voix et allait vers elle n'était qu'erreurs consécutives. Erreurs dont je ne pouvais éviter la répétition. Elle n'était ni douce, ni apaisante, ni maternelle mais elle me magnétisait. Et j'étais là, dans la rue, pendant des heures, à me voler à moi-même des paroles que je n'étais pas prête à pondre.

Je croyais que la sage m'aimait en même temps qu'elle restait sur ses gardes. En fait, elle n'éprouvait aucune sympathie pour moi. Pourtant elle avait gardé mon secret du garçon juif, du petit qui aurait pu être à elle. Pourquoi ne m'invitait-elle jamais chez elle ? Sa ruse, à laquelle j'étais condamnée, me suggérait en silence un comportement passif. Cette résistance à mon égard, qu'elle ne devait avouer qu'aux autres, ne me dérangeait pas trop. Pour déblatérer autant, il m'était obligatoire de faire fi de son origine. Nous continuions, moi à lui parler, elle à me sourire, sans aucune sincérité. Elle m'entendait longtemps, elle, la doyenne. Heureusement, je ne la voyais pas sur une base régulière.

Un lundi, je l'avais à nouveau croisée et elle m'avait offert de partir avec moi après le travail. Je n'avais même pas la force ni l'envie de lui demander pourquoi elle faisait cela. C'est qu'elle ne parlait pas. Beth ne faisait qu'écouter en se demandant comment elle pourrait bien m'éloigner du jeune homme judaïque. Cela devait la tuer à l'intérieur que je prenne un membre de sa communauté dans mes bras. Beth me demandait comment ça allait, elle m'assurait qu'elle s'intéressait profondément à ce qui m'arrivait. Elle voulait que j'abdique.

« Et il était comment, le garçon avec lequel ton père t'a mise en contact ? » Elle ne savait pas que j'avais un fiancé. Derrière sa duplicité, la prêtresse souffrait de ma non-résignation. Elle avait déjà des enfants et même des petits-enfants, avait-elle besoin d'une autre propriété ? Yéhouda, je m'en occupais. À l'heure actuelle, je m'appliquais à le pervertir. Elle le savait : je le lui disais sans cesse.

14

En louve à mamelles lourdes, à odeur fauve et piquante, je tendais l'appât. J'avais reniflé le sentiment de culpabilité saignant de Yéhouda. L'appât n'était pas à l'extérieur de moi, je le tenais en moi : l'animale dangereuse faisait le guet. Persévérante de cruauté, ma langue râpeuse était prête à lécher et à déchirer la cicatrice émergente. Ma bouche aussi avait juré qu'elle ne collerait jamais ses papilles sur ses gouttes effrayées, sur l'épicarpe de viande aigre-douce du garçon juif. Ma gueule mentait beaucoup.

Depuis plusieurs jours déjà, je tentais de le traquer par des ruses nocturnes. Avec de faux fruits, je l'attirais. Il aimait ce goût de braconnage, d'hameçon déformé. Il mordait au mensonge : il l'espérait. Il voulait que je lui donne ma parole de vipère, même s'il la savait vendue au diable. Je lui jurais des heures durant au téléphone que je ne le toucherais plus jamais, pas même du bout de ma griffe. Une fois, tard dans la nuit, presque au matin, j'ai fini par le convaincre de prendre sa bicyclette et de me rejoindre. On avait annoncé un blizzard de mi-avril et je m'étais dit que la neige serait le meilleur moyen de l'induire en erreur. J'ai pris ma bicyclette et nous sommes arrivés en même temps au carrefour où nous nous étions donné rendez-vous. Après toutes ces insinuations répétées au bout du fil, j'ai enfin réussi à l'avoir près de moi. J'avais le sang-froid de l'animale qui a pendant des mois étudié sa proie. Du bestial qui possède en lui des générations d'instinct. Sans rire, j'ai osé : « Je ne te frôlerai pas, Yéhouda. » Ni à travers les flocons, ni entre mes draps.

Sur ma bicyclette salie par le froid des rues, je l'ai emmené dans des promenades parallèles à mon désir. En dévalant les pentes où glissaient nos roues, je parlais, sans même prendre le temps de respirer, de son corps qui, pour moi, n'était pas une priorité. Je discourais sur ma vertu et sur le vrai de mon amour. « Presque rien de physique », que j'affirmais, les crocs enduits de salive. Non, il n'allait certainement pas aimer se réchauffer contre les poils mouillés par l'hiver, ceux de la louve. « Petit Chaperon rouge et garçon, je ne mettrais jamais rien qui soit à toi dans ma gorge. » Je profitais du fait que Yéhouda jouait à l'ignorant, et il profitait de mes effluves étourdissants. Sa candeur masquée, celle qui me faisait croire que j'étais dangereuse, je la louangeais. Il ne connaissait rien à la vie en dehors du ghetto, planète qui n'avait pas conscience de la femme vivant dans les bois nordiques : j'avais tendance à rire de lui. Yéhouda n'avait aucune connaissance de ma tanière. Pendant qu'il apprenait des versets de la Torah par cœur, le jour sacré, moi je chassais avec les femelles de la meute. Me nourrissais de petits animaux. Le garçon juif était jeune en comparaison de ce qu'on m'avait appris à convoiter, et pourtant j'étais obsédée par sa conquête.

La même phrase me revenait sans cesse en tête : « Je le poursuivrai longtemps. » Le harceler jusqu'à ce qu'il souffre aussi, autant que moi. Nous aimanter dans la permanence, serait-ce possible ? La louve ne pouvait s'accoupler avec la pureté. Elle la déchiquetterait au passage, lors d'un transfert d'attendrissements. Si toutefois parvenir à ce niveau de compassion lui était possible.

Pourquoi le pieux perdrait-il son temps et mon énergie à me refuser ? La cargaison de passions logée dans mes entrailles commençait à moisir. Les ruses se retournaient contre moi, car Yéhouda gagnait en m'offrant ce que je voulais. Après notre balade à vélo, il avait, mon petit, les pieds gelés et la vessie pleine. Il a demandé s'il pouvait entrer chez moi. Quand il est sorti de la salle de bains, je lui ai enfin offert mes formes de louve capturée, il avait l'air stupide du faux désarçonné. Il m'a obéi.

Au début de mon manège, j'étais une novice. Je ne savais jamais comment détecter son sentiment de culpabilité lorsque ce dernier grimpait en lui. Je savais seulement que s'il se pointait à ses lèvres, cela signifiait qu'il était déjà trop tard pour le convaincre de redescendre. Dans ces moments-là, je ne pouvais même plus supplier Yéhouda de ne pas s'évader de chez moi. Sa bouche, ouverte en ma direction, se mettait à m'envoyer à la figure des qualificatifs blessants. Ce n'était pas ma faute s'il était juif. Peut-on se trouver coupable d'être une interdiction ?

Lorsque enfin il avait terminé de me cracher des accusations, je ne pouvais qu'être persuadée de l'imminence d'une longue séparation. J'ai mis du temps à comprendre le processus : sa période de repentir était suivie d'une période de retour. Comme en religion : le croyant regrette, le croyant revient sur ses pas. Mais où les mènent-ils ? Ceux de Yéhouda le ramèneraient toujours jusqu'à ma fenêtre. Le garçon juif tentait de s'en aller pour souffler sur les brûlures laissées par mes empreintes. Il croyait que ça les calmerait et qu'à elle seule sa respiration convaincrait Dieu. Oui, s'il avait pu jurer, il aurait juré qu'il ne recommencerait plus jamais de sa vie ce jeu punissable. Mais l'écoute de ses propres expirations sonores, destinées à le soulager de ses fautes, lui faisait toucher l'ennui davantage. J'étais désormais la seule femme qu'il connaissait.

Parfois, son retour semblait ne jamais vouloir poindre. Ce n'était pourtant qu'une question de temps. Abandon allait bientôt être synonyme de réapparition. J'avais compris comment participer : cela ne m'a jamais consolée.

Depuis que je l'avais embrassé dans le cou, il était allergie alléchante. Je suintais le surplus d'alcool bu lorsqu'il quittait ma cage. Je m'humidifiais dès son envol. Il déguerpissait en traître. Le plus calamiteux, ce n'était pas le départ en tant que tel. C'était le fait qu'il revenait. Il m'expliquait, sans m'épargner, qu'il ne voulait plus me voir ni m'entendre, me lâchait dans l'indignité, puis repassait par ma fenêtre quelques jours plus tard, une fois mes larmes séchées. Dès que je tentais de faire un deuil de lui, il survenait. Yéhouda me faisait sursauter. Il était de retour avant que j'aie réussi à me convaincre qu'il était, de façon raisonnable, impossible de m'unir à ce garçon. Qu'il était chimérique de vouloir vieillir avec un hassid. Et d'avoir en commun une maison, des enfants. Et des fenêtres.

Pourquoi serait-ce à moi de mourir, de me trancher les veines ? J'ai décidé que Yéhouda était un dément et je voulais qu'il paye. Je comptais les jours avant que Dieu ne réagisse, qu'il lance une plaie sur lui. La douceur s'était emparée de moi : la faiblesse était embarquée sur moi comme une verte moisissure. Je n'avais jamais questionné ses départs, je comprenais qu'exister dans deux mondes était trop rude. Je le laissais retourner vers les siens sans rien ajouter. Une vraie lâche ! C'est lorsque je le revoyais devant chez moi que je ne me contrôlais plus. La folie qui me rendait meurtrière n'était pas la mienne mais la sienne. Même après lui avoir manqué pendant de longues semaines, son humeur changeait après quelques jours seulement. Il ne fallait d'habitude qu'une seule seconde pour que son regard se transforme. Alors qu'il me fixait en m'aimant, il tournait soudainement sa tête dans l'autre sens puis vers moi encore, et il commençait à me dévisager comme s'il venait de se remettre d'un long coma. Il s'interrogeait soudain sur l'identité de la femme avec qui il avait passé la nuit. Il me regardait comme si j'étais laide, comme s'il venait de se faire piquer par une horreur. Une non-juive, une saleté. C'est à cet instant que je croyais être mûre pour l'évanouissement. Je n'avais jamais le temps de crier.

« C'est sans même t'avoir réclamé que tu es revenu, malheureux garçon ! »

En me réveillant le lendemain de notre promenade à bicyclette, je me suis demandé comment ce serait si je décidais de le frapper. Pour vrai, cette fois : je ne voulais plus de cette excuse qu'est le sentiment amoureux pour le consommer. Ce serait de la vraie violence. L'attendre quelque part où il se rendait sur une base quotidienne et, là, le blesser de mes mains ou avec un bâton. Pour mutiler sa nullité, apparente depuis déjà trop longtemps. Je me détestais de le vouloir autant, une fois la colère repue, lui, cet incapable. Je me maudissais d'être incapable de faire durer plus longtemps ma haine. La hauteur de mon désespoir n'était jamais assez puissante. Faire saigner Yéhouda me purgerait aussi.

Dans mon rêve, cette nuit de fonte de la dernière neige, j'avais décidé de lui crever les yeux. De cracher à l'intérieur de ses orbites. Et puis non, que je m'étais dit. Il me dégoûtait trop pour que je me penche au-dessus de l'horreur que l'écoulement provoquerait. Son intérieur, d'après ce que j'en étais venue à comprendre sur lui, devait être empli de secrets purulents. Le tatouer avec mes dents, voilà la sorte de morsure que je convoitais. Était-ce un cauchemar, ou un rêve qui nettoie des colères du jour ? Au réveil, une question : comment avait-il pu oser, en allées et venues, m'insulter de la sorte, moi, Neffeli Lykourgos ? Comment avais-je pu me laisser insulter par un imposteur, un homme déguisé ? Un être travesti en pieux tout en droiture ? Un garçon en noir et en chapeau qui n'était au fond que l'observateur de l'observance ?

Les terriens

[lettre à effacer avec de l'eau]

Des rites et des réflexions étranges, je m'en créais toute seule. Et toi, en m'admirant, tu me suivais sans rien demander. On ne juge pas une rose qui est sienne, semblais-tu penser. À tes côtés, j'étais insolite, mais j'étais surtout la Neffeli qui porterait ton nom. Ton comportement de monarque me dévoilait en héritière de ton trône malgré toutes mes excentricités. Le pardon était partout sur mes extravagances. Tu ne voyais que mon amour pour toi et tu avais raison. Pendant ce temps, moi, je pleurais sur mon sort. Devenir ta femme aurait été une gloire : personne n'était digne de toi. J'allais devoir mettre fin au malentendu.

Je me rappelle la fois où nous étions en Syrie, tu t'informais, toi mon Protecteur Inquiet, des frissons de ta future femme. « As-tu froid ? » C'était ta façon de me dire que j'étais fleur. Toutes tes questions sonnaient comme une aubade à mes oreilles. Tu avais raison : on dit que les fleurs, c'est sensible au froid, même dans les pays chauds. « Alors imagine dans les pays froids, comme cela doit être rude », semblais-tu penser... Lorsque ton père est tombé malade, tu trouvais qu'il aurait été plus sage que je retourne en Grèce en attendant que tu reviennes de Damas. Montréal me tuerait, d'après toi. Peut-être parce que la ville sans Père ni toi, sans vous, mes peaux d'ours, sifflerait trop fort, l'hiver, dans mes tympans. En effet, vous étiez mes paravents imperméables et j'allais me ruiner sans vous.

Qui donc allait me nourrir, de quel homme du même sang que moi allais-je donc m'abreuver ?

Pendant les repas que nous partagions, tu coupais la viande dans mon assiette, puis tu sucrais mon thé. Tu croyais aussi que je ne buvais pas assez de lait. Tu disais : « Ce n'est pas bon pour tes os, mon coquelicot. » Tu faisais semblant que les fleurs étaient humaines. Tu passais chacun de tes dimanches à cuisiner pour moi. Lorsque nous étions encore étudiants, tu disais que je n'avais pas le temps de cuisiner, qu'il valait mieux que je me concentre sur mes études. Grâce à toi, j'ai survécu à l'absence de Père. Grâce à toi, je dessine en architecte rassasiée. Tu me nourrissais malgré le fait que, toi non plus, tu n'avais jamais le temps de cuisiner. Tu t'affamais pour moi. Comme l'aigle qui donne toujours à manger à ses petits avant d'assouvir sa propre faim.

À présent que tu es loin, je tente en vain de me fabriquer quelqu'un du même sang que moi. Je lui ai chuchoté dans l'oreille : « Tu es de ma lignée à présent, Yéhouda. » C'était inutile, car il ne m'a jamais nourrie, ni n'a goûté à mes plats préparés en vitesse. En l'entourant de mes bras, j'expérimentais une infusion symbolique qui aurait fait de lui mon descendant. Cela ne fonctionnait jamais : une puissance supérieure à la sienne lui dictait déjà son comportement. La fleur qui gèle ne peut combattre Dieu, Haïthem. Elle ne peut que le supplier et dire : Combien encore vas-tu m'en enlever, des hommes ? J'ai été fille deux fois déjà et ils sont partis. Donne-moi cette grâce où, à mon tour, je pourrai faire mijoter un spore en moi. Un n'ayant pas de lien avec la famille que j'ai déjà, d'accord ?

Je t'aime. Prie à ma place, s'il te plaît, Haïthem. C'est éreintant de prier, Maman-Oiseau, et je suis fatiguée à présent.

15

Un jour d'amnésie finissait toujours par se lever. Je savais que je finirais par toucher un de ses trous de mémoire : il finirait par oublier que je n'étais pas pour lui. Yéhouda passerait sous silence le fait qu'il n'était plus capable d'habiter deux chaumières en même temps. Les beaux principes religieux du garçon juif faisaient parfois relâche et j'attendais ses moments de faiblesse. Je frémissais de bonheur lorsque j'apercevais le cycle tourner de mon côté. En ce dernier soir d'avril, le temps coulerait en ma faveur. Après quelque temps, jamais trop tard après sa journée du Grand Pardon personnelle, son Yom Kippour mensuel, Yéhouda s'amuserait avec moi en déniant son calendrier. Je reconnaissais avec une gratitude muette sa voix qui disait : « Aujourd'hui, je ne suis plus Yéhouda, je suis Tom, ou Julien, ou peut-être Argyris. Et je ferai comme si j'étais capable de métamorphose. Le jour du Pardon est clos. Ta porte l'est-elle ? » Le garçon juif changerait sa réalité pour m'accompagner dans la malhonnêteté. Je ne savais jamais vraiment quand sa bouche sonnerait la joie, mais il était rare que je me fatigue de l'espérer. Tenace, je m'astreignais à être épuisée par ma propre attente, mais en vain. J'essayais d'en avoir marre dans une ténacité malsaine. Parfois venait le signal à l'autre bout du fil.

— Tu es où, là, maintenant ?

D'habitude, à cet instant, je comprenais que je n'aurais pas besoin de l'assaillir de mes coups bas, ceux-là mêmes qui lui plaisaient. Sa question laissait entendre qu'il viendrait me rejoindre, peu importe où je me trouvais dans la ville. Non, le supplier ne serait pas nécessaire. Le terrain était libre et Yéhouda, mûr. J'entendais la facilité dans sa voix. Il paraissait joyeux. Sa question laissait deviner la nuit interminable. Elle signifiait qu'il viendrait me rejoindre sans se faire aspirer. Je n'aurais pas à soudoyer ma fierté. Je m'apprêtais à aller danser avec une collègue. J'avais promis de l'accompagner après notre réunion au cabinet. C'est donc ce soir-là qu'une autre trêve a sonné. Il voulait venir. Se joindre à moi, le temps de me renifler puis de repartir. Yéhouda n'avait jamais mis les pieds dans une discothèque. J'y allais peu souvent moi-même, mais cette chère Sara-au-long-décolleté m'y traînait parfois de force. Elle me trouvait trop introvertie en général. Ma collègue n'a vu aucun inconvénient à ce que mon amoureux hassidique s'invite à l'improviste.

Le pieux est venu nous rejoindre au bar vers minuit, à bicyclette. Il avait enfilé un chandail noir par-dessus sa blouse blanche et, pour détourner l'attention des gens de ses papillotes, il les avait mises derrière ses oreilles. Ainsi caché, il croyait passer inaperçu. Règle générale, il fait assez sombre dans ce genre d'endroit. En entrant à l'intérieur du Temple, Yéhouda a vu des lumières et des filles briller de toutes leurs exagérations. Il a même dû fermer ses yeux quelques instants, à cause de l'étourdissement qu'elles lui causaient. Les néons, les boules disco, les lumières colorées et clignotantes aveuglaient Yéhouda. Il a été déconcentré pendant de longues minutes, je l'avais perdu dans l'éclairage fractionné du Temple. Cela m'a fait penser à une histoire que le garçon juif m'avait déjà racontée. Elle ressemblait à un conte. C'était à propos d'un autre garçon de sa communauté qui, même s'il était myope, avait été découragé par son rabbin de porter des lunettes car il n'était pas marié. Il croyait qu'il n'était pas nécessaire que son protégé voie au loin. Il trouvait inadéquat d'offrir à son étudiant la possibilité de croiser le regard (et le reste) des promeneuses. Yéhouda, lui, avait des lunettes, mais leur utilité était annulée par les feux. Je ne lâcherais pas la main de mon élève.

Lui et moi criions pour nous comprendre. De façon exagérée, il avait l'impression que j'étais plus habituée que lui à ce genre d'endroit. Yéhouda entretenait l'idée fausse que j'étais sauvage. Les filles étaient à peine vêtues : elles présentaient leurs épaules et leurs ventres scintillants de poudre et de sueur. Leurs danses sentaient fort. Moi, j'étais docile. Les mecs du Temple s'étaient installés au loin et humaient les femmes. Elles bougeaient avec le derrière de leurs corps, ils buvaient avec l'avant de leurs bras. Je n'aimais pas cet endroit, mais j'aimais que Yéhouda s'y perde. Afin que je l'étudie. Afin qu'il me *spectacle*.

— Je vais aller chercher quelque chose à boire.

Alors qu'il attendait qu'on le serve, les buveurs qui se sont retrouvés près de lui l'ont remarqué. Ils n'ont rien dit, même si le garçon juif ne pouvait se fondre dans les ombres et les lumières avec sa barbe et ses habits noirs. Sa large kippa de velours chatoyait sous les effets spéciaux soûlants : une fois oui, une fois non. Je n'en croyais pas mes yeux de l'aisance avec laquelle Yéhouda était appuyé au bar. Hollywood est puissant. Sa Budweiser aux lèvres, il a fait comme il se devait. Il nous a regardées danser, Sara-aux-bijoux-dorés et moi. Nous pratiquions la danse de notre ventre. Même s'il s'agissait d'un col roulé, mon chandail était très serré et très rose. Je fixais Sara dans les yeux. Je souriais de provocation pour lui. Sara-la-très-belle a fait comme si mon amant était un de ceux-là, un de ces accoudés, et m'a dit : Il ne regarde que toi. Je croyais qu'il n'avait pas le choix de toute façon. Il ne connaîtrait que moi toute sa vie. Mais elle a fait comme si j'avais pu en douter, comme si je pouvais avoir peur de le perdre dans la foule.

Malgré sa provenance, il n'avait pas l'air d'un étranger. Il a tenté de chanter quelques paroles issues des palmarès, des morceaux de hip-hop qu'il avait attrapés à la radio, sûrement lors de voyages à New York. Alors qu'il ne contemplait que moi, je suis allée le chercher au bar. Je l'ai pris par la main. Yéhouda était tout sourire alors que je le tirais parmi les danseurs. Je l'ai collé contre moi et j'ai dansé comme les figurantes font à la télé. Il dansait bien. Sous les spot lights, il a peu à peu commencé à me réappartenir. Plus les filles nous observaient en chuchotant entre elles, plus j'étais seule avec lui. Elles devaient se demander à quoi il me servait. Le garçon juif et moi, nous nous amusions : l'heure de la récréation avait sonné. Nous savions épater la galerie, nous étions des comédiens. Il rentrerait avec moi ce soir sans se faire prier. Il nous a payé beaucoup d'alcool à Sara-l'agile-danseuse et moi. Je l'ai embrassé à pleine bouche sous les regards médusés. Je le montrais à tous, mon amoureux, mon garçon juif, mon animal de cirque. Il jouait aussi, c'était notre show de couple. Comme si le Temple avait toujours été ouvert pour Yéhouda.

La discothèque n'était qu'à quelques minutes de chez lui. Pourtant, il n'avait jamais mis les pieds dans ce tronçon de la ville, encore moins dans une boîte de nuit. J'étais celle qui poussait les portes pour lui. Je devenais la barque de Yéhouda, celle qui l'emmenait. Celle qui, à maintes reprises, allait tenter de le noyer, celle qui le guidait vers la tentation. Nous profitions l'un de l'autre. Lorsque je l'avais dans mes bras, je ramais, seule, vers la divagation. Lors de ses trêves de repentir, j'étais hilare. Je me réjouissais de la fête qu'il était. Au Temple, ce soir-là, j'avais la récompense d'une danse à deux avec lui, de l'abandon de Yéhouda. Je vivais le retour de mon garçon juif dans mes jupes. Je savourais, alanguie, mon extase pour lui et la sienne pour moi. La cécité devant le lendemain : dans quelques heures, il reprendrait conscience. Je devais faire vite avant qu'il ne se réveille. Nos corps en entier transpiraient de grosses gouttes de déni. Yéhouda m'a léché les joues. Il était intimidé devant les visages des spectateurs, mais quand même. Jusqu'au moment où il se marierait avec la fille du Bien, soit une autre que moi, Neffeli, il allait faire quelques pas sur les planches du Temple. La fille de la Torah ne s'était pas encore présentée à lui et, ce soir, il me prendrait. J'étais son entracte.

À trois heures du matin, après avoir trop dansé, nous avons quitté la piste. Les jambes affaiblies de Yéhouda ne pourraient pédaler jusqu'à mon appartement. Sara-aux-paupières-maquillées a hélé un taxi. Je rentrais chez moi avec Yéhouda. Je me suis penchée vers le conducteur en attendant qu'il ouvre sa fenêtre.

— Est-ce qu'on pourrait mettre la bicyclette de mon mari dans la valise de votre voiture ?

Le troisième chauffeur, vingt minutes plus tard, a accepté. Pendant cette attente, plusieurs hommes qui sortaient eux aussi du Temple riaient en marchant près de notre trio. Quelques autres qui nous avaient vus à l'intérieur, et qui quittaient la place en voiture, ont klaxonné. Si on avait eu un chapeau, peut-être auraient-ils cru bon de jeter de l'argent par les fenêtres.

* * *

J'étais préparée au chagrin de la perte, mais jamais immunisée contre lui. Après une festivité comme celle d'hier, Yéhouda repartait toujours trop vite. Yéhouda pouvait me dire n'importe quelle méchanceté. Yéhouda pouvait ne m'épargner aucun détail. Il me détestait lorsqu'il retournait parmi les siens, mais je l'aimais presque autant qu'un enfant, mon garçon juif. La femme ne peut être dégoûtée par son fils. Le fils aurait beau faire n'importe quoi avec n'importe quelle partie de son corps : la mère y verrait la beauté de la création. L'élégance de l'engendrement. Yéhouda a déjà été malade devant moi, à cause de moi. Il a craché, vomi, sué, divagué. Je n'ai jamais eu de dédain pour les souvenirs le concernant. C'est lorsque je me mets à penser à l'embryon que le mépris m'attaque. Il m'atteint rapidement, invisible comme une goutte. Le matin de ma rencontre avec lui, j'avais mis fin à ma relation avec l'aîné de Yéhouda : j'avais déserté un autre gargon. C'était cela qui me répugnait. Mais de la répugnance pour Yéhouda, ça non, jamais ! Il avait le privilège d'avoir la permission, devant moi, d'exécuter tout ce qui lui passait par la tête. Il pouvait aussi me raconter toutes les puérilités qu'il faisait derrière mon dos. Il avait la possibilité de me poser les pires questions. Les plus osées : rien de lui ne me gênait, rien de moi ne me gênait face à sa divination.

Depuis notre première nuit ensemble à l'hôpital, Yéhouda était devenu la chair de ma chair. J'étais autant faite de lui que lui de moi. Ma pudeur légendaire s'annulait dès que j'étais près de lui. Ce sens des convenances, vestige de mon éducation, restait toujours inscrit en moi. Mais le dit honneur s'éteignait dès l'apparition du pieux. Il se laissait amadouer par l'écartèlement de toutes mes facilités. Je m'ouvrais pour Yéhouda à l'infini. J'essuyais, léchais, lavais : je ne possédais aucune contenance dans mes agissements. Je comprenais ses saletés sans me plaindre. Sans même avoir envie de le faire, sans y réfléchir. La mère respecte tout ce qui émane de son petit. Serais-je capable d'endurer simultanément la perte renouvelée de mon fils, et celle du fiancé ? J'avais connu Yéhouda depuis le commencement, depuis sa résurrection, dans la nuit à l'hôpital. Sa fin se faisait désormais connaître aussi. L'embrasser avait été beau. Sur la bouche.

16

Une fois par semaine, le septième jour, nous n'avions pas de rendez-vous. Le jour lunaire de Shabbat, nous le préservions pour nous chercher facétieusement dans la ville. Le garçon juif aimait l'étonnement et m'avait initiée à lui. Ainsi, dès le vendredi, je me préparais à les célébrer, lui et sa fête sacrée. Yéhouda était ma cérémonie, ma navigation dans le temps. La seule pensée de notre rencontre hasardeuse m'emballait. Le samedi, nous ne pouvions nous parler qu'en étant ensemble. Lui et moi bénissions ces longues heures de délassement.

Le grand jour était enfin arrivé : je suis allée manger chez Mia, simulant une visite qui lui était uniquement destinée. Tout juste avant le coucher de soleil de la veille, on m'avait confirmé qu'on n'aurait pas besoin de moi au cabinet et j'en avais informé Yéhouda. Il a ainsi compris qu'il marcherait dans le ghetto tout le lendemain pour me croiser par inadvertance. Et que moi, je ferais la même chose afin que l'on soit deux à jouer à cache-cache. Pourtant le ghetto ne s'étendait pas à l'infini et nous aurions pu envisager notre rencontre grâce à l'étude des habitudes de l'autre. Mais c'était le jour du repos, de la rémission du prévisible. Le rejet, même pour la non-juive que j'étais, de la maladive correspondance. Une fois par semaine, les rapprochements convenus étaient interdits. L'aléatoire, lui, ouvert d'un coucher du soleil à l'autre.

C'est ainsi que lors du Shabbat, sur les trottoirs, j'ai tenté de me réinventer ces amoureux du temps d'avant. Je me suis plu à les imaginer, ceux-là mêmes qui devaient flâner sur la place d'un village, ou bien sur les parvis d'églises (y a-t-il un « parvis » à l'entrée d'une synagogue ?) ou peut-être se tenaient-ils bien droit devant le magasin général en guettant la venue, parfois imminente, de leurs bien-aimées. Ils finissaient tôt ou tard par se retrouver, malgré l'absence des téléphones et des voitures. L'absence des rendez-vous électriques et des réunions prévues à distance n'avait pas la faculté de les dépouiller de l'attente. Deux par deux, ils se sont rejoints dans l'arrêt, comme Yéhouda et moi.

Dans le septième jour.

Après nos repas respectifs, nous avons erré dans les rues jusqu'à nous apercevoir. L'apparition au loin d'un large chapeau de fourrure avait fait accélérer mon pas pour vite comprendre qu'il n'était pas le sien. Pendant le Shabbat, tous les hassidim, de dos, se transformaient en Yéhouda. Le garçon juif était partout. Le garçon juif était ma muse. Mon premier *shtreimel* de la journée était porté par la tête d'un homme encerclé d'enfants : je m'étais astreinte à ne pas le dévisager ni le scruter. Yéhouda, lui, n'était pas suivi, il me cherchait tout seul. L'absence d'enfants tout autour serait mon unique indice pour le dépister. C'est qu'il n'avait que moi : pourquoi serait-il accompagné ? Les semaines et même les années passant, j'aurais toujours l'impression d'assister à un miracle lorsque le hassid devant moi serait le mien. À tout coup je trouvais touchant de le croiser : il réussissait toujours à me surprendre.

Lorsque je me suis rendue au parc ce jour-là, avec la poussette de ma filleule Christiane, je rêvais de lui piétinant déjà l'herbe du terrain de jeu. Mais nous étions allés dans des directions opposées en début d'après-midi. Nous aurions pu, la veille, nous donner rendez-vous chez Mia à une heure précise : nous avions préféré nous chercher de la prunelle et du chapeau pendant plusieurs heures avant de nous asseoir, sans manger, à notre table du Shabbat. Nous n'avions pas pris la peine de nous dessiner un parcours lors de la moderne banalité des six autres jours : nous avions voulu profiter des contes du calendrier ancien. Marcher sur la pointe des pieds au-dessus du récit de la création.

Au parc, j'ai joué, mine de rien, à la jeune maman qui amène ses enfants s'amuser pendant l'inviolable jour de congé, Yéhouda, lui, était retourné vers l'intérieur du quartier. Puis, plus tard, lorsqu'il nous a aperçues des profondeurs d'une quelconque ruelle, j'étais en train de raccompagner mon adorée chez elle : Christiane avait décidé que son escapade du côté des balançoires et des glissades était terminée. L'enfance est-elle un long Shabbat ? En nous croisant enfin, le garçon juif a fait semblant de ne jamais nous avoir connues avant. Ma filleule ne parlait pas encore et ne pouvait trahir nos liens. Mais elle souriait. Une autre fois, nous avions été plus malchanceux : il avait dû attendre sous la fenêtre de Mia qui habitait au troisième étage. Il n'avait pu appuyer sur la sonnette puisque c'était proscrit par la Loi et, de notre côté, nous avions oublié de déverrouiller la porte pour notre invité hebdomadaire. Cet après-midi-là, notre festoyant avait cogné, le pauvre, alors que nous étions demeurées sourdes à ses coups provenant du dehors.

Après avoir couru après lui, et lui après moi, Yéhouda a monté l'escalier de chez mon amie quelques minutes plus tard, afin qu'aucun voisin ne nous voie ensemble. Bien sûr, les voisins de Mia étaient aussi ceux du garçon juif. Il a bu le jus de fruit que je lui ai servi avec respect. Il avait chaud dans son uniforme ancestral, il a joué quand même avec ma filleule. Après quoi il s'est endormi. Le samedi était l'unique journée où il se reposait du restaurant et il était entré chez Mia pour mieux sombrer dans le sommeil. J'ose croire que mon parfum l'anesthésiait jusqu'à l'endormir. Le voir endormi sur le canapé, sa longue redingote en satin sans boutons à côté de lui, sur laquelle tenait en équilibre sa couronne sabbatique à poil brun, est le plus velouteux tableau que j'aie conservé du garçon juif. Il portait pour l'occasion une culotte qui s'attachait à la fin de ses genoux. Le canapé était petit, mais contenait tous ses apparats : Yéhouda n'avait eu qu'à se recroqueviller en serrant ses jambes contre son ventre.

Le septième jour, Dieu s'était arrêté après un labeur vénérable. Le septième jour, Il avait appelé deux amants afin qu'ils se déifient. Le septième jour, Neffeli observait son Yéhouda assoupi. Afin de se reposer elle aussi.

Le couplet

[lettre à conserver dans le secret]

C'est la faute à la musique arabe si je n'ai pas été capable de te laisser avant. Elle m'offrait ce qui me manquait en toi. Les notes agissaient en points de suture : les croches et les noires dans mes oreilles me distrayaient de ton silence. J'avais une envie inexplicable qu'elles te provoquent, te fassent broncher ou même délirer. Ensemble, j'étais seule, mais lorsque nous étions tous les deux et que les chanteurs chantaient, j'étais supportée par leur clameur. Ils m'incorporaient dans leur groupe et me faisaient me souvenir de toi, comme si tu étais déjà loin. Ils me rappelaient la part dansante de l'homme que tu étais peut-être, croissant de lumière auquel tu n'accédais pas. Toi, tu ne dansais qu'à la fête, qu'avec les succès, puis tu t'arrêtais une fois les lumières éteintes. Je te retrouvais souvent mort. Je m'en suis toujours voulu de ne m'être jamais amusée avec toi. Le vide qui t'enveloppait t'interdisait à moi. Tu n'étais pas vide, au contraire : tu étais lumineux. Mais ton enveloppe, je ne l'ai jamais comprise. Pour la rendre plus supportable, je la couvrais de musique avec les voix d'autrui. Fiancé, tu restes pour moi un présent jamais déballé.

Depuis que ton corps est ailleurs, maintenant que tu es parti vraiment, Haïthem, je t'appelle parfois au téléphone, de mon là-bas. Je te supplie doucement de me faire parvenir la musique dont j'ai besoin.

— Mon ange, tu sais, j'aurais besoin d'écouter quelque chose de nouveau.

— D'accord… bien sûr… As-tu une idée exacte de ce que tu aimerais ?

— Oui. Ce que j'aimerais est que tu choisisses pour moi.

La musique est plus aveuglante quand c'est toi qui me dis de l'écouter. Je n'ose pas te dire que je veux être avec toi. Je ne sais pas si c'est vrai. Comment te dire ce qui me manque de toi à présent ? Je ne parle pas. Je dis seulement : Envoie-moi des chansons de loin. Je ne te dis jamais que je t'aime, mais j'écoute sans cesse ta musique. Elle parle arabe comme toi. J'apprends par cœur, à force de répétition, des sons que je ne comprends pas. Le chant de tes mots et les mots de ta langue, j'en ai besoin. En les fredonnant, je m'adresse à toi par bribes étrangères, je chuchote sur ton front. Je ne comprends pas la mélodie de mon monologue. Je ne sais quoi te dire lorsque je chante sans connaître la chanson, pour moi seule. Quand je me parle. Puis je mets ton disque, ce cadeau qui devient mon seul moyen de t'entendre dans la nuit. Tu es si beau dans ta musique. Tu remplaces tous les chanteurs. C'est toi qui chantes dans mon demi-sommeil. Même lorsque c'est une femme, c'est toi. Tu te poses sur les tonalités de toutes les voix arabes. Les premiers disques gravés que tu m'envoyais, ceux d'avant que je te quitte, avaient de jolis titres. Maintenant ils portent des numéros. Je crois que ce sont encore des chansons d'amour même si elles n'ont pas de nom. Signe que tu ne m'as pas oubliée, tu te donnes encore la peine d'aller au bureau de poste, notre musique sous le bras.

Moi, je ne t'aime que lorsque je ne te regarde pas dans les yeux ni n'entends ta vraie tonalité. Je vis mon adoration éparpillée dans la distance, l'ouïe rivée sur la radio. Je n'ai jamais eu la force de me partager avec toi en face-à-face. Voilà peut-être pourquoi j'écoute beaucoup de musique. Ce qui sortait de ta bouche parfois me décevait : tu étais une merveille insaisissable. J'ai ainsi récupéré d'autres voix. Je les ai choisies accompagnées de musiques qui te ressemblaient. Une fois, j'ai tellement abusé d'une chanson qu'elle s'est tue, elle aussi, à force d'être écorchée. T'aurais-je épuisé, Haïthem ? Lorsque l'enregistrement se termine, je me rappelle combien tu étais silencieux dans ma vie. Je remets le disque. J'écoute afin de mieux me tromper sur toi.

17

« Je le fume. Tout son être m'inspire. La manière dont il bouge, dont il brûle et aussi sa manière de demeurer immobile. Plus il tentera d'être de glace, plus je fondrai. Je me consumerai encore et encore en sa direction, vers sa route. Il a besoin de me parler, de s'échauffer, je le devine. À qui se confie-t-il lorsqu'il s'éteint, lorsqu'il nous écrase tous les deux ? Il m'a dit mille fois qu'il ne pouvait venir vers moi, m'attendra-t-il donc quelque part ? Lui qui passe ses soirées derrière une vitrine à la vue des autres, espérerait-il en cachette voir mon ombre s'allumer, un soir, sur le trottoir d'en face ? »

Voilà ce à quoi je pensais lors de ses absences.

Cela me soulageait de savoir qu'il travaillait à l'intérieur de ce commerce. Ainsi, lorsque, encore une fois, il avait décidé d'arrêter de me parler, je savais où le trouver. Moi aussi j'avais du pouvoir. Le restaurant avait des fenêtres sur les deux côtés de la bâtisse, donnant à la fois sur une avenue et sur une rue. Yéhouda se postait six jours par semaine à cette intersection ayant pour seule circulation une foule hassidique. Je m'y cachais autant que possible, puis le regardais. Je savais que je pouvais me rendre Chez Witt pour l'observer entre douze et dix-huit le dimanche et entre seize heures et minuit du lundi au jeudi. L'horaire n'était jamais le même le vendredi. Je n'avais d'autre choix que de me plier à sa programmation. Quelques dizaines d'heures par semaine, il était à portée de tous les clients. J'étais jalouse de ces inconnus qui le côtoyaient comme si ça allait de soi. Qu'à cela ne tienne, je me faisais, de l'autre côté du trottoir, cliente aussi. Je me procurais des instants de ses corvées en les lui volant. Yéhouda travaillait au resto comme caissier. Il était aussi responsable de préparer les commandes. Pendant ce temps, il m'offrait de regarder sa silhouette, j'acquiesçais à chacun de ses mouvements. C'était étrange, car ce que l'on voyait en premier dans ce commerce était le dos du commerçant.

Un soir de mai, je suis passée devant la vitrine : j'avais décidé de faire comme si je revenais de quelque part. J'avais été chanceuse cette fois-là, Yéhouda se tenait de profil à la fenêtre. Je me suis ainsi rassasiée de sa moitié. La veille, il était enfermé dans des cuisines sans ouverture sur la rue, dans une arrière-scène invisible pour les marcheurs. Derrière le comptoir, le garçon juif ne se mettait presque jamais face aux usagers des trottoirs. Yéhouda était pourtant à mon service, dans quelque posture que ce soit, à travers la vitrine.

Le défi avait été de me trouver une cachette digne de ma fonction. Un petit arrêt d'autobus (pour faire celle qui projette de se rendre là où on l'a assignée) ou un simple banc aurait pourtant fait l'affaire. Depuis l'avortement, j'avais cessé de fumer afin de faire pénitence. Dommage, j'aurais eu une excuse pour flâner. Ce coin de rue n'avait d'autres fonctions que de laisser dévaler des hommes et des femmes à couvre-chefs. Il était difficile de demeurer dans les alentours tout en restant immobile et inutile, tous s'agitaient pour aller quelque part. Le resto avalait ceux qui avaient faim. Le carrefour anonyme ressemblait à un estomac qui empilait les gens en son intérieur. Je remerciais le ciel de son existence, il était translucide et divulguait ainsi son admirable employé.

Le lendemain matin, au cabinet, penchée sur mes plans, je tentais de me remémorer sa position à la fenêtre afin de ne pas être obligée d'y retourner le soir même : le temps était trop mauvais. Mais Yéhouda me manquait éperdument, alors je devais me concentrer sans relâche sur mes visions de la veille. Derrière le verre transparent, j'avais épié les mouvements de son dos, puis de sa caisse enregistreuse. Elle était troublante, cette boîte à argent qu'il ouvrait : elle le faisait s'animer sans cesse. Ces longs doigts, ne pouvant appartenir qu'à lui, étaient accrochés à des mains que je ne voyais pas mais dont je rêvais.

J'y suis retournée la semaine suivante. Il pleuvait. J'ai alors pu me servir de mon parapluie pour bloquer, en plein ghetto, les regards. J'étais persuadée que le pieux s'occupait à des bêtises pour assurer sa survie, mais ma seule joie consistait malgré tout à l'espionner à la tâche. C'était dans une seule pièce, où s'étalait un désordre complet éclairé par de trop nombreux néons blancs, qu'il gagnait le peu d'argent qu'il possédait. Le commerce n'avait pas d'enseigne. Les plats, uniquement faits de laitage, étaient étalés sans effort. Mais moi, je connaissais une fenêtre donnant sur sa vie et je m'y étais ruée, comme un papillon de nuit sur une lampe : en obsédée. Je m'étais poudrée, habillée de façon élégante et m'étais rendue devant Chez Witt, celui qui engageait des bonimenteurs. Je m'étais parée comme si je partais en promenade vers un rendez-vous. Yéhouda ne m'attendait pas et cela me suffisait. J'avais fenêtre sur ses jours si j'arrivais tôt et fenêtre sur ses nuits si j'arrivais tard. Je le voulais même lorsqu'il ne me voyait pas. Son pignon sur rue était cette petite ouverture que j'avais gardée, en égoïste, pour l'atteindre. Lui, mon délice, mon repas bicolore interdit.

J'ai gardé quelque temps cette habitude de passer devant le restaurant, et j'étais certaine que lui aussi marchait devant chez moi sans entrer. Une fausse cachette le retenait lui aussi. Je le détestais d'être capable de subsister sans moi, d'avoir la force de ne plus cogner à ma fenêtre. D'avoir la force de se retenir dans sa course. Je l'attendais. Parfois, lorsque je travaillais à la maison, j'avais l'impression qu'il était là, caché, et qu'il me regardait. Alors je me faisais belle pour lui. Je faisais comme si j'étais très occupée même sans lui. Je lisais puis déposais de façon séduisante mes doigts à la racine de mes cheveux. Si Yéhouda était derrière ma fenêtre, il le remarquerait. Il n'oublierait jamais où j'habitais et pourrait me retrouver un jour, s'il le souhaitait. Cette idée me servait de mantra : je me faisais croire qu'elle me consolait. Mais je n'arrivais pas à me remettre de lui et rien ne me calmait. Quelqu'un qui n'avait personne d'autre au monde que moi avait décidé de son plein gré de m'abandonner ! Personne d'autre ne l'attendait ailleurs, mais cela ne réussissait à m'accorder aucun droit. Admettre que le garçon que l'on désire préfère demeurer fin seul ou, pire, épouser une inconnue pour une deuxième fois, plutôt que d'être avec soi, raidit la peau du cœur. Était-il possible que même un orphelin n'ait pas besoin de mère nourricière ?

Il était si perdu la première fois qu'il avait sonné à ma porte avec son billet de cinq. Puis, trop tôt, il s'était retrouvé. Les enfants grandissent si vite... Yéhouda m'a même remerciée de l'avoir éclairé. Mais sa décision était prise : les découvertes les plus précieuses n'étaient pas en lien avec moi. Merci à moi, il avait choisi les autres. Ceux-là mêmes dont il déplorait l'indifférence, il était allé les rejoindre. Tous ces gens qui n'avaient jamais accepté son unicité et de qui il s'était senti si loin si souvent, il les a rebaptisés « Maison ». Pourtant, j'étais capable de dessiner des plans de maisons, moi. Yéhouda m'avait dit en pleurant que plusieurs d'entre eux ne lui avaient pas répondu, avaient omis d'entendre à la porte tous ses coups de divorcé. Ils n'étaient pas fous comme moi et n'ont jamais laissé la fenêtre entrouverte pour le garçon juif pendant les nuits d'hiver. Peut-être qu'ils n'étaient pas fous, mais ils l'avaient en quelque sorte lancé jusque chez moi : ils l'avaient placé à l'extérieur. Et c'est leur faute s'il a eu besoin de moi jusqu'à détruire les maquettes que j'avais prévues comme abri pour lui. S'ils l'avaient nourri à plusieurs dans le ghetto, comme il se doit, je n'aurais pas eu besoin d'avoir une place au chaud pour le connaître. S'il ne s'était pas déplacé seul, je n'aurais pas pu l'héberger. Sans l'appui de sa communauté, j'avais pu. Mais trêve d'excuses : pas de pardon pour la mère qui ne peut retenir son enfant. Moi, je déteste le mien, cet amoureux religieux qui n'a pas eu la vigueur nécessaire pour rester. Qui n'a pas revendiqué le droit de me protéger, de parcourir ma maison.

Où était-il caché ? Chaque fois que j'entendais du bruit à ma fenêtre, je me levais. Du lit, de la chaise, du sol, de la pensée. Il y avait parfois, parvenant de la rue, des sons de pas pressés ou des sons plus forts encore. Des sons de voix et de vent. Je pouvais capter, depuis les murs, tant les bruissements de la nuit que ceux du jour. Mais c'était surtout la nuit qui réanimait Yéhouda : je l'avais connu alors qu'il était son oiseau. À chaque bruit aérien, chaque frémissement de feuillage, je croyais que c'était lui qui revenait. Son arrivée était prochaine, elle allait m'être annoncée.

Les branches de mon merisier remuaient sans cesse et je croyais que de derrière elles, il apparaîtrait enfin. Et plus les heures passaient, plus l'arbre situé à ma fenêtre ressemblait à son corps, à sa forme. Je confondais l'ombre de l'arbre avec celle du garçon juif. Les feuilles se balançaient comme son chapeau ou son cou auraient pu le faire. Je les épiais de l'intérieur de la chambre. Debout sur mon balcon, il pourrait voir mon intérieur et m'attendre jusqu'à tant que je lui ouvre la porte. Il m'admirait de l'autre côté de cette fenêtre, ce périmètre translucide devenu hantise. Chaque crépitement traversant ma clôture transparente me faisait frémir. Chaque bruit sec me faisait entrer en transe : son sourire aurait pu être là, invisible dans ce qui est sombre. Je croyais que toutes ces menues clameurs m'indiqueraient son arrivée. Jusqu'au jour où j'ai compris que sa venue impromptue à ma fenêtre ne faisait aucun bruit. Non, aucun son n'avait jamais devancé ses visites. Rien ne le précédait dans son apparition de l'autre côté de la vitre, pas même mon envie d'en être témoin. Dès que je l'attendais, son intention de parvenir jusqu'à mon nid n'y était déjà plus. Il m'avait souvent regardée dormir de l'extérieur. Et pourtant, Yéhouda ne se faisait entendre qu'une fois entré à l'intérieur. Je n'ai jamais eu le temps de le déceler parmi mes arbres, moi qui épiais chaque éclat. Son arrivée était inaudible, j'avais tout inventé. Le garçon juif avait prévu ne pas se faire entendre avant l'éblouissement final.

18

J'avais enfilé avec soin un costume, moi aussi. Ce soir-là, les pissenlits étaient sortis de terre et nous étions allés au cinéma, Yéhouda et moi. Notre choix s'était porté sur la représentation du mardi soir. Le garçon juif ne me l'avait pas demandé, mais je portais un col fermé autour de ma nuque, une jupe et des manches longues lorsque je l'ai rejoint au coin de la rue. Je m'étais dit qu'aux yeux des autres, nous serions mieux assortis si j'étais moi aussi déguisée. Même mes cheveux étaient couverts d'un chapeau : c'était le signal que la fête allait commencer, que l'heure de la représentation du mardi soir avait sonné. Mon habit était le pendant féminin du sien. Nous faisions comme si nous n'étions pas surpris d'être ensemble. Yéhouda n'avait pas réussi à emprunter la voiture de son père, nous nous sommes donc rendus au cinéma en autobus. Malgré mon âge, je ne conduisais pas encore. Lorsque le fiancé était en ville, c'est lui qui me conduisait où je voulais et, lorsqu'il était trop occupé, je prenais un taxi pour me rendre au cabinet. Les femmes dans la famille de Yéhouda ne conduisaient pas non plus. Sans permis de conduire et en jupe, je ne différais pas d'elles. Dans l'autobus, je faisais partie de sa famille. Qui doutait de nos appartenances dans les rues lorsque nous les parcourions côte à côte dans notre habit partagé ?

Yéhouda, sitôt entré dans le bus, avait sorti son radar, puis avait jugé. Comme personne ne ressemblait à un délateur, selon lui, il s'était assis à mes côtés. Il avait toujours peur qu'un juif nous voie ensemble et qu'il nous dénonce à nouveau. En regardant partout et en clignant vite des yeux, il semblait passer tous les utilisateurs au peigne fin avec ses cils. Il n'avait trouvé personne qui dérangeait sa virée. Sinon, nous aurions passé tout le trajet assis l'un en face de l'autre en nous regardant sans nous parler, comme cela s'était déjà produit en mars. Nous avions créé cette fois-là, le temps d'un trajet, des signes drôles qui nous faisaient rire en cachette. En roulant nos yeux et en inventant des grimaces, nous avions communiqué en enfants. J'avais douze ans, je me baissais jusqu'au niveau de Yéhouda : cela me désennuyait, dans mes heures libres, de sillonner la ville à bord du manège actionné par le garçon juif.

La semaine d'après, par contre, nous sommes sortis en bicyclette puisque le beau temps le permettait. Nous étions encore loin de chez moi. Nous n'étions pas allés au cinéma, c'était la nuit et le printemps finissait de croître. Nous avions jeté notre dévolu sur les rues d'un quartier qui ne nous épierait pas. À mi-chemin, par contre, elle m'avait lâchée, ma bécane rouillée. Tous s'étaient quand même arrêtés pour regarder la bizarrerie qu'étaient le garçon juif, avec ses boucles pendantes, et son accompagnatrice. Nous marchions ensemble main dans la main comme dans une ronde. De l'autre côté de la rive se trouvaient les banlieues de Montréal et je ne portais ni jupe ni couvre-chef. Avec mes sandales et mes jeans serrés et troués, j'avais tenté d'enfourcher ma monture mais sans succès : j'avais dû l'abandonner sur une pelouse. Nous avons marché aux côtés du cheval à pédales de Yéhouda. Puis mon petit cavalier m'a prise en charge, en m'installant sur sa selle. Près de deux heures plus tard, nous rapprochant du ghetto, la crainte n'avait pas réussi à rattraper notre cavalcade. C'est qu'il n'y avait personne dans les rues et que l'heure était indécelable. Moi assise sur le siège, Yéhouda debout pour mieux s'activer les mollets, nous avons dévalé les petites collines urbaines en riant aux éclats. Puis nous sommes arrivés au bord d'une descente très abrupte. Le garçon juif a ralenti, mais sans arrêter.

— Mon bébé ! Mais t'es devenu fou, ou quoi ?

— Es-tu prête ? Agrippe-toi bien !

Parce qu'il me soulevait du sol, je criais de joie : j'avais aimé avoir peur avec lui en tenant son chandail entre mes doigts. Nous étions les plus rapides du monde ! J'aurais aimé voir une photo de cette envolée à deux roues. Elle aurait été floue, saisie dans le mouvement. La scène était trop rapide pour la mémoire fixe. La pente près du mont Royal avait continué son incursion dans nos rires, plusieurs minutes après avoir atterri sur la terre ferme. Je m'étais collée sur lui pour me retenir de tomber, mes bras s'étaient serrés autour de son ventre. Les franges de son châle de prière qui dépassaient de sa chemise volaient au vent et semblaient accompagner mes cheveux dans leur ondulation. Médusés, les conducteurs des voitures qui nous dépassaient n'en finissaient pas de se tordre le cou pour nous admirer.

Je ne possède qu'une seule photo de Yéhouda et moi. Mais nous y sommes immobiles, assis sur le sofa d'une amie. J'y ai les yeux mi-clos. Je chéris chacun de mes deux exemplaires : ils me procurent un double de mes souvenirs, deux passages du garçon juif chez moi. Je n'ai dans mes tiroirs qu'une seule photo de Yéhouda et moi, mais j'aurais apprécié en avoir une pour chaque descente.

19

Il était persuadé d'être possédé. Yéhouda me disait qu'il avait des preuves. En pensant à moi, la seule nudité qu'il ait jamais connue, des sueurs froides le ravageaient. Son truc pour ne pas ressembler à un petit garçon anodin consistait à me cacher son adoration. Peut-être calquait-il l'adulte dans son indifférence, mais au fond, je savais bien qu'il passait des semaines sans dormir à me chercher, lorsqu'il ne me guettait pas à travers la fenêtre. Dès qu'il sentait mon odeur l'emmitoufler, il devenait engourdi. Il me rachetait toujours le même parfum. Même moi, je me faisais penser à lui lorsque je me respirais. Son expulsion de l'intérieur de mon ventre avait été trop rapide pour que j'y trouve mon compte, mais la façon dont il pouvait souffrir ne me créait aucun souci. Lorsqu'il se permettait d'être amoureux, sans tourner ses œillères en direction opposée, il me regardait comme si j'étais sienne en me disant des paroles faites pour la femme vertueuse. Le garçon juif me composait des cantiques et, dans son rêve, voulait m'épouser. Même s'il était toute ma vie, je savais que le jour où je réussirais à porter son nom, je perdrais tout intérêt pour lui. Depuis l'hôpital, les mois passés avec moi ressemblaient à un chaînon manquant dans l'échelle de sa courte existence. Yéhouda perdait son chemin en boucle, mais l'enregistrement cérébral de mes faits et gestes rejouait en sa mémoire et mon pieux surgissait à l'infini sur mon balcon. Il m'avait sous la peau, envisageait de tout quitter. Cette option ne demeurait ouverte que le temps des retrouvailles. Quelques secondes.

Car Yéhouda avait un défaut gênant : il tentait souvent de s'enfuir. Sa capacité de résistance variait. Je représentais plus souvent qu'autrement les entrailles de la mauvaise femme dont il devait fuir l'étreinte. Il rabâchait des médiocrités du genre : « I have to go on with my life », « I can't live in two parallel worlds at once » ou encore « I want to go back where I belong, I must follow my path. » Des conneries, quoi. C'était clair, il voulait m'échapper. Une fois, il m'avait même envoyé une carte : « I now have to live the lie a Jew is supposed to live. » Celle-ci était ma préférée : Yéhouda avait oublié la lettre f au mot *lie* ! Il avait voulu écrire *life*, écrire sa supposée vérité, mais il finissait toujours par sonner à ma porte. Il n'était qu'une faible supercherie. À ses débuts en tant qu'acteur, j'ai voulu le persuader de rester. De jouer encore un peu pour moi. Je n'en avais pas encore assez de ses performances. J'accueillais alors avec félicité sa troupe de personnalités ambulante. Parfois, ce n'était pas mon tour d'assister à la représentation : il était en garde partagée entre moi et la communauté. Ou c'était moi qui appelais pour réserver une place, ou il se libérait sans que j'aie à passer de commande.

Cela a pris plusieurs mois avant que je cesse de vouloir des prestations bisyllabiques de Yéhouda, son « oui-non » permanent. Je ne pouvais supporter davantage qu'il rôde autour de ma vie avec ses allées et venues. Après avoir été obsédée par le manque de sa présence, j'ai abdiqué, lasse de monter la garde. C'est avec maints efforts que j'ai récuré mon cerveau de son image. C'était à son tour de subir des pertes : mon ventre, lui, se reposerait désormais. J'avais accepté l'intervention à cause des songes dont il était le héros : ils me dérangeaient dans mon travail. Neffeli devait agir, même arrivée à saturation de lui. Malgré la baisse d'intérêt, je n'ai eu d'autre choix que de recourir au harcèlement, car il ne fallait pas que le petit échappe si facilement à la submersion. Quiconque entrait chez moi devait expier ses fautes. Ne devait pas refranchir le seuil de son plein gré.

Mon but était que le pieux souffre de mon absence le plus longtemps possible. Seul, il ne trouverait pas la sortie de ma rencontre, ne finirait jamais de creuser le tunnel de son évasion. Je savais que Yéhouda était obnubilé par moi et qu'il prenait toutes les dispositions nécessaires, entre deux apparitions, pour se remettre de sa tournée sur mes eaux. Pour l'instant, il cherchait encore de l'aide extérieure, mais il regretterait de ne pas m'avoir choisie !

Le garçon juif croyait aussi que le mariage pouvait le sauver. J'essayais, sans conviction aucune, d'imaginer sa délivrance, puis de m'en réjouir. De souhaiter son bonheur. Mais il y avait des limites : je me devais d'être plus forte que sa religiosité. J'avais décidé, un peu par manque de considération, un peu par fatigue, de me départir de mon garçon juif pour de bon. Des dégâts, préparés avec application, m'attendraient sur la route, car j'étais tricheuse. J'aurais pu avoir pitié de Yéhouda et m'avouer qu'il ne pouvait subsister que parmi les siens, mais j'en étais incapable. Il s'était penché sur moi alors que j'étais infectée, il m'avait attrapée comme un pigeon, il m'avait attirée avec des biscuits, il n'avait même pas eu besoin de les émietter. Je n'étais pas à lui, mais il s'était quand même approprié ma fenêtre. Il s'était introduit à travers mes rideaux. Et maintenant, il voulait guérir, l'ingrat. Pensait-il donc panser ses plaies sans rancune de ma part ? Yéhouda était la seule chose pouvant être racontée, ma seule histoire à redire.

Pourquoi alors me vider de mes mots, mettre fin à mes contes pour les autres ? Je ne deviendrais pas peu inintéressante par sa faute. Mes amies s'amusaient du fait que j'avais un homme à chapeau noir pour amant. C'était décidé : le garçon juif ne décréterait pas la fin de mes anecdotes.

Mercredi soir. Lorsque je lui ai téléphoné, j'ai fait en sorte qu'il soit en train de dormir afin de le tirer de son hypocrite repos. Je savais que depuis qu'il me connaissait, il souffrait de ne pouvoir être avec moi : il bavait d'insomnie. Mon réveille-matin avait été programmé pour trois heures : j'avais compris qu'il ne pénétrait dans la trêve qu'à cet instant de la nuit. Pour le pétrifier et pour me divertir à la fois, j'ai pleuré. À demi éveillée, j'ai gémi au téléphone.

— Tu as ruiné ma vie, Yéhouda.

J'ai continué jusqu'à ce qu'il pleure à son tour. Ni son ton ni sa singularité n'étaient désormais supportables à mes oreilles. Il a fini par me supplier : j'espérais qu'il ne soit pas trop long. Lorsqu'il a commencé ses plaintes, je n'ai eu aucune difficulté à stopper mes torrents artificiels. Je me rendormirais sous peu, me suis-je dit.

— Je fuis parce que je n'ai pas le choix, Neffeli. Si tu étais juive, je te jure que je te ferais mienne.

Oui, c'était bel et bien lui qui était le plus à plaindre dans cette histoire ! Son innocence m'a fait sourire, puis bâiller. Une fille comme moi, éduquée et élégante, ne daignerait jamais se promener au bras d'un juif hassidique travaillant comme commis dans un restaurant fréquenté par une cinquantaine de personnes tout au plus. Le fiancé reviendrait dans quelques jours et je me pavanerais à ses côtés. Yéhouda ne se transformerait jamais en homme, grâce à mes soins. Plutôt mourir que de le laisser pousser. Je le laisserai s'en aller seulement lorsque je trouverai une autre occupation. Et je contrôlerai son rétablissement ardu, voire inenvisageable.

— J'espère que tu es conscient que tu ne t'en remettras jamais et qu'à chaque fois que tu seras avec ta future épouse bénite, c'est mon visage que tu verras.

Lorsque je suis arrivée à cette étape, j'ai apporté le téléphone sans fil dans les toilettes et je me suis assise sur la cuvette. On s'était bien amusés, j'avais amené le garçon en balade. Il était parvenu à visiter les rues loin des bordures de son pâté de maisons. Et c'est moi qui déciderais quand serait terminée cette promenade.

Puis, après l'avoir sculpté comme une pâte à modeler défraîchie, je n'ai eu qu'à compter quelques jours avant qu'il ne se pointe à ma fenêtre. Même si je l'avais hanté lors de cette nuit du cauchemar, il me cherchait, le môme. La seule différence était que je ne désirais plus son ombrage derrière mes portes vitrées. Soudain, je me suis mise à prier pour qu'il me laisse dormir en paix. J'étais une professionnelle en demande, moi. J'avais besoin de repos : j'étais utile. Je prendrais quand même la peine de me tirer hors du lit lorsqu'il taperait des doigts sur la vitre. Il se tiendrait sur mon balcon telle une marionnette dont on ne voit pas les ficelles.

* * *

Il me disait : Fais-moi un fils, Neffeli. Je ne peux vivre sans toi. Laisse-toi devenir mère pour t'enlever le choix.

Il me mentait. Je lui disais : Oui. Commence par m'embrasser, Juda.

Je savais qu'il ne voudrait jamais de l'enfant. J'allais faire semblant de dormir. On pourrait l'appeler Abraham comme le premier Hébreu, qu'il disait. Mais Yéhouda était prêt à me trahir : il ne voulait me voir mère que pour me voir disparaître. Je me préparerais tout de même à refouler sa semence. J'allais le déshabiller avant de m'appeler Yéhoudite. Puis le réchauffer de mon pouvoir de trahison. Puis écorcher son baiser. Dans sa tête, il serait toujours le premier à prévoir, à embrasser. J'étais fin prête à ce qu'il veuille me piéger. Cela te délivrera un peu, garçon juif. Mais regarde, esclave, c'est moi la première qui te devine par le judas de ta porte.

Oui, touche-la, Juda. Penche-toi sur ta Judith.

* * *

Le lendemain de notre virée à bicyclette, Yéhouda a de nouveau disparu. Lorsqu'il est revenu, j'ai décidé que mon corps devait de nouveau servir à quelque chose et cela m'a donné une bonne idée. J'ai opté pour un subterfuge antique : je serais enceinte pour lui faire peur. Contrairement à ma dernière expérience, cette fois-ci serait drôle ! Lui et moi ne pourrions jamais avoir un enfant ensemble. Voir quelqu'un naître était en dehors de nos probabilités. Le garçon juif était beaucoup trop jeune pour ce genre de choses. De toute façon, le seul fait d'avoir quelque chose en commun nous était refusé. J'ai par contre désiré faire semblant d'être heureuse en attendant son enfant. Yéhouda avait la folle phobie de devenir le père d'un petit venant de moi, une phobie merveilleuse. Une peur qui tente le tout pour le tout afin de toucher l'objet qu'elle craint le plus. Sa peur de m'engrosser était troublante. Il faisait tout pour me pousser à porter quelque chose dont il ne voulait pas vraiment, mais dont il rêvait sans relâche. Je me persuadais qu'en dirigeant notre idylle vers un autre décès, celle-ci allait elle aussi trépasser. Je connaissais assez Yéhouda pour comprendre qu'il interpréterait ma grossesse comme un avertissement venant de Dieu. Une espèce de cri : « Vois-tu que la déchéance peut te mener jusqu'à la monstruosité ? » Le garçon juif regretterait amèrement. Il aurait peur que si ce qu'il pensait avoir créé (c'est-à-dire un Rien) continuait de grossir, la punition divine serait encore plus pesante.

C'est ainsi que je lui ai offert mon cadeau : j'allais être maman. Félicitations, monsieur Leibovitz. Pour sentir sa main sur mon ventre qui jamais ne grossirait, j'étais disposée à maints artifices. Jouer, pour un ou deux mois tout au plus, au duo qui attend son premier-né dans l'allégresse. Mon triste plan se mettant en marche, le petit en moi s'allongeant dans mon esprit, Yéhouda mettait sans cesse son oreille sur mon nombril. Il serait un père exécrable. Je savais qu'il était trop puéril pour s'occuper de qui que ce soit. Il n'avait d'ailleurs jamais réussi à bien prendre soin de moi : il me quittait à perpétuité, me jetait sans pitié. Puis il revenait si souvent que je me mettais à vomir dès que j'entendais sa voix après une millième absence. En y réfléchissant bien, faire des enfants morts était la meilleure façon de couper des liens. Avec Haïthem aussi, cela avait bien fonctionné. Mais Yéhouda, étrangement, me suppliait sans cesse de le garder en moi. Il était mignon, au fond.

L'arc

[lettre à faire disparaître sans délai]

Haïthem, où es-tu pour me protéger de la démone que je suis devenue ? Pourquoi n'ai-je donc pas accepté de vivre la douceur avec toi ? Je retournerai en Grèce pour revisiter le tombeau de saint Nektarios, le dernier saint grec à avoir vécu. Viens faire tous les pèlerinages de la Terre avec moi, petit aigle ! Je voulais te remplacer, mais maintenant je tue sans cesse. Repasse par ici et deviens le père de tous mes enfants, fidèle mari. Ce n'est pas important si je ne peux t'aimer comme une femme se doit d'aimer son époux, d'accord ? Je t'aimerai d'un amour qui te ressemblera : inoffensif. À partir d'un endroit caché où je n'aurai pas besoin de bannir ce que j'aurai produit. Là où je serai en mesure de faire pousser des jardins. Là où les fleurs produiront du pollen. Haïthem, tu es la seule personne qui fasse éclore destinées et autres inventions qui respirent. Je n'ai pas voulu de toi parce que j'ai trop peur de la vie. Attendre avec tant d'impatience une progéniture est donc dans mon cas un paradoxe : je ne la veux ni avec toi, ni avec le môme juif, ni avec personne. Je veux accoucher par la force de quelqu'un qui ne déclencherait pas plus mon réflexe de sanctification de l'autre que celui de crucifixion.

À Yéhouda, on n'a jamais appris que Dieu avait une mère. Il ne s'est donc jamais senti affolé de me voir en femme. Le garçon juif n'a jamais envisagé la vierge en moi. Il fait sortir le côté le plus sombre de mes entrailles. Mais maintenant j'ai peur. Haïthem, viens me chercher à présent ! Je garderai cet enfant inventé et le ferai tien. Serais-je devenue porteuse des fous du monde, dis-moi ? Il est temps que je te présente ce que je n'ai pas eu le temps de te présenter jusqu'alors : une reproduction de ton miroitement. Que j'expulse un emblème symétrique à ta beauté, soit un enfant dont tu serais le père. Nous nous envolerons, moi et lui, vers la Syrie pour te rejoindre, Abba. C'est que Yéhouda a grandi, Haïthem, et n'a plus besoin de moi. Je sens que je le perds alors que lui-même perd son innocence. Il y a beaucoup trop longtemps qu'il drague les dehors de la communauté. Trop d'heures à mes côtés, trop d'heures à l'extérieur du nid. Cela me rappelle une histoire à propos des oiseaux. Un oisillon qui sent l'humain, c'est-à-dire qui sent autre chose que sa propre espèce à bec, finit par être rejeté par ses parents. Ceux qui s'occupent des animaux en voie d'extinction dans les forêts font attention de ne pas les contaminer avec leurs gros doigts, de ne pas trop les manipuler. Afin de couronner de succès leur mission de sauveurs d'oiseaux, ils ne permettent pas aux petits de mourir seuls. Seuls et bannis.

Le pieux est contaminé, Haïthem. Voilà peut-être pourquoi j'ai voulu le laisser croire qu'il m'avait laissé une preuve des nuits où j'avais tout à lui apprendre. Du temps où tu m'attendais et où tu m'entendais peut-être pleurer de loin. Alors que tu étais en train, sans le savoir, de me pardonner l'impardonnable. Alors que tu me connaissais encore.

20

Il y avait des flacons dans la salle de bains, sur les étagères, partout des pots remplis. La maîtresse de la maison semblait faire des expériences. Contenants recyclés, réutilisés par elle pour désinfecter des peignes bleus, des manches de brosses à dents ou d'autres contenants plus petits. Après un an et demi, je retrouvais finalement cette odeur indescriptible de Dettol, mélangée à celle d'un autre aseptisant. C'était la senteur d'Athènes, de l'appartement de Père et Mère. J'aimais ma mère. Par contre elle ne me faisait que très peu souffrir, sa présence dans ma vie était donc plutôt fade, voire délavée. De toutes les manières, elle était une dame de maison. Elle aimait sa fille, mais Mère ne sortait que rarement la tête de ses flacons. Et une mère dans la famille, c'était assez. Je suffisais à la tâche.

La première chose que j'ai faite en arrivant a été de prendre mon bain avec les pigeons. Tout de suite, j'ai remarqué qu'ils étaient moins nombreux que les années précédentes. La deuxième salle de bains de l'appartement, dont la peinture s'écaillait depuis des années sur les murs, donnait sur une cour intérieure. Là avaient l'habitude de se réfugier des dizaines de familles de pigeons, le même cri depuis quatorze ans, depuis l'achat de ce six-pièces. Combien de générations de pigeons depuis ma première visite en Grèce ? Combien de récipients transvidés, blanchis par le peroxyde depuis mon enfance ?

J'étais si heureuse d'être arrivée ! Ici, j'allais être prise en charge par Père et Mère. Depuis l'aéroport, ils n'arrêtaient pas de m'embrasser et de dire, chacun à son tour, « mon amour » en me regardant dans les yeux, en scrutant mon visage. J'étais leur mirage estival, leur rêve annuel. Elle était étroite, cette maison, et sombre aussi. C'est qu'il aurait fait trop chaud si on avait laissé le soleil traverser les persiennes de bois. Du haut du troisième étage, on entendait le boulevard. Je me faisais dire quoi faire à chaque pas, mais c'était l'été et j'étais en Grèce chez moi. Même si c'était difficile d'y séjourner, je savais que je serais bénie de repos, protégée par Père, ses bras... sa barbe noire. Contre moi-même et ma fatigue. Et à chaque instant, les flacons, les rideaux tirés, toutes ces choses sur fond de pigeons citadins me défendaient. Sous le toit des souvenirs athéniens étouffants et libérateurs, je faisais, pour quelques semaines, partie d'une famille animée. L'idée de ne plus vivre seule pour quelque temps m'était douce malgré l'accaparement. Ils avaient la mainmise sur ma présence en Grèce, et je leur en étais reconnaissante.

* * *

Belle est la prière que l'on ne comprend pas. Père m'avait offert son livret. Me l'avait ouvert à la bonne page avant de me laisser quitter la maison. Je n'avais pu devenir une vraie mère ni une vraie épouse, alors je deviendrais une vraie fille. Le 1er août commençait le décompte jusqu'à la fête de l'Assomption. Nous nous préparions à ensevelir la Mère de Dieu pour des siècles et des siècles. Les poèmes du livret de prières, bien que lisibles, étaient indéchiffrables pour moi. J'avais tout de même décidé de les apprendre par cœur. Je rêvais il n'y a pas si longtemps d'apprendre un nouvel alphabet, celui de Yéhouda. J'avais cru qu'il me conduirait vers de nouveaux hymnes et que ceux-ci me mèneraient vers une vérité plus ancienne. Mais la seule vérité ancienne qui m'a jamais été offerte par lui fut la vision de mon propre pouvoir de violence. Celui qui ne se chante dans aucune langue. Et la mienne, elle ? Grâce à quel alphabet peut-elle être lue ? Il est impossible de trouver un alphabet-femme. La femme est dans le mélange, dans la mixtion. Je chanterai alors des prières-poésies, un assortiment de lettres qui n'existeront que dans mes versets et que je n'aurai pas besoin de materner : il sera déjà grand et n'appartiendra à personne d'autre.

Je suis donc entrée dans l'église afin d'assister à un spectacle qui m'appartenait. À une scène transmise de père en fille. Moi qui avais désiré réciter des prières incompréhensibles, eh bien, c'était chose faite. Je les tenais dans la main. Je n'avais jamais appris le grec ancien, il ne pouvait être entendu qu'à l'église. Je tentais de psalmodier en synchronisme avec le pope. Je me perdais moins dans les symboles grecs que dans ceux du garçon juif, même si je n'attrapais pas le sens des poèmes religieux de mes parents. Je me concentrais pourtant autant que je le pouvais, mais ma concentration ne me conduisait jamais à la connaissance. Comme les prières du Shabbat et de la Pâque juive m'avaient fait pleurer, la Vierge qui se ferait enlever sous peu finirait par m'arracher des larmes. Je savais que debout avec les autres femmes je m'appliquerais à la regretter et à la louanger. Père m'avait juré que les mots de son livret de prières formaient une série de vers prodigieuse. Il m'avait aussi juré qu'il lui était impossible de les traduire en grec moderne : ils s'évaporeraient alors. Père priait à la maison une heure complète par jour. Je lui demandais de réciter la prière à voix haute. Il me demandait en échange de mettre ma tête sur son épaule. Il disait que de me savoir tout près l'aidait à s'appliquer à faire son devoir. J'avais l'impression qu'il me racontait une histoire pour enfants afin que je m'endorme. Je fermais les yeux, me signais machinalement en même temps que lui : je n'avais pas sommeil. Je suivais les intonations de sa voix. Nul besoin d'apprendre une langue étrangère : j'en possédais déjà une qui m'était inconnue. Une langue morte biblique à moi que je pouvais lire et chanter et porter. Les barbes se ressemblaient toutes, mais l'église était plus proche de ma maison que la synagogue. Pourquoi fuir si loin avec quelqu'un qui faisait sortir le pire de moi ?

21

Je savais ce qui m'attendait : j'allais me refuser le sommeil jusqu'à mon écroulement. Rien que pour me souvenir de la fatigue du temps de Yéhouda, même ici en Grèce.

Je ne dormais plus depuis quelques jours. Je faisais comme si Yéhouda était encore là. Lorsqu'on était ensemble, j'avais l'habitude d'être sans cesse éreintée à l'extrême. Le garçon juif arrivait toujours chez moi aux petites heures du matin, après avoir fermé le restaurant. Il fallait aussi lui donner le temps d'ignorer le désir qui le culpabilisait. C'était notre jeu.

— Allez, quoi ! Viens faire un tour… j'ai tellement de choses à te raconter, tu croiras jamais ça !

— Tu sais comment ça va finir si je viens chez toi, Neffeli…

— Je t'invite pas à dormir ici, quand même ! J'sais pas, moi… on va boire un thé, rigoler un peu, rien de grave. Ça fait si longtemps… et puis je pourrai pas dormir si je te vois pas ce soir.

— Tu penses vraiment me faire avaler ta salade ? Je vais revenir, on va se disputer, je vais repartir et puis ça va recommencer ! Cette fois, c'est NON.

— Écoute Yéhouda, je te promets qu'à six heures, je te fous à la porte, O.K. ? En plus, je suis malade ! S'il te plaît…

— Bon… on bavarde rien qu'une heure et puis je file, c'est compris ?

Chaque soir, j'utilisais des stratagèmes différents pour le convaincre de passer la nuit avec moi. Le but était qu'il sente qu'il n'avait pas d'autre choix que d'exécuter mes ordres. J'usais de paroles engluées de mélasse pour le capturer. Il en oubliait l'iceberg de sa culpabilité. Je maniais l'art de le manipuler avec des yeux adroits. Le défi consistait en ce qu'il se sente contraint de ne pas faire volte-face. Le secret : lui rappeler que sa petite bouche de bébé était loin d'être sevrée.

Ce soir à Athènes, après plusieurs mois sans avoir fumé, je me suis rhabillée au beau milieu de la nuit. Et, sous la pluie, je suis allée me procurer un paquet de cigarettes. Même sans Yéhouda, j'ai fait comme si. Comme si, encore ce soir, j'avais eu à le torturer par des chuchotements, couronnés d'un succès malsain. Il était là, silencieux en ma compagnie, sur les trottoirs de l'été. Le garçon juif m'accompagnait après une longue absence : il avait fini par abdiquer. En vrai homme. Au fur et à mesure que j'aspirais, le goût des Camel poussait le garçon juif à renaître dans mon palais. Si longtemps j'avais été sans le goûter. Avais-je perdu l'habitude ? Leur saveur me communiquait une vague nausée. Je déambulais, seule aux yeux des autres passants. Ce n'est qu'une fois la cigarette en état d'être jetée dans le caniveau que je me suis avoué que Yéhouda n'était pas de la balade. Revenue devant mon appartement, même si j'étais trop étourdie pour oublier le besoin de repos, je n'ai pas cherché mes clés tout de suite. Au lieu d'entrer chez Père, je me suis approchée de la fenêtre comme Yéhouda l'aurait fait. Si seulement j'avais eu la certitude que l'envie de me regarder dormir au travers des rideaux le tenaillait toujours.

Cette nuit, je serais lui. Ce serait l'affaire d'à peine quelques minutes. Mon jeu serait mieux que rien. Parce que, en réalité, je n'avais besoin de personne : je devais me rendre à l'évidence. Je regarderais à travers la vitre à sa place. Je me suis avancée de quelques pas sous ma fenêtre. De là j'imaginais le tableau que l'orphelin aurait pu avoir de moi. Le poster que j'avais collé dans ma fenêtre pour ne pas m'imaginer voir l'ombre de Yéhouda lorsque j'essayais en vain de m'endormir. Mais même avec la vue obstruée, les bruits de dehors parvenaient à me faire sursauter sans préavis. Je me mettais en sueur à tout coup malgré la distance qui me séparait de Montréal. Le jour, c'était la venue du facteur qui me bousculait le plus : le bruit des enveloppes dans la boîte aux lettres me mettait en nage. J'allais donc l'imiter pour cesser de l'espérer. Ça goûtait encore dans ma bouche et ça regardait comme lui sur le bout des pieds à deux heures du matin. Je n'avais pas la prétention d'avoir l'allure de Yéhouda, mais je connaissais ses trucs de voyeur. Il n'y avait aucune femme dans mon lit lorsque je suis entrée chez mes parents. Dans le hall, j'ai trouvé l'odeur de mes débuts de nuit avec Yéhouda. Celle qui naissait une fois qu'il se laissait récolter. Dans ce temps-là, et aussi ce soir-là, mes cheveux sentaient le tabac consumé. Des soirs d'avant comme celui-là, je ne dormais pas une seule seconde. C'était pour ne manquer aucune de ses inspirations et de ses expirations : j'avais entendu parler du syndrome de mort subite du nouveau-né. Épouvantable. Aucune de ses expirations ne devait esquiver mon attention.

* * *

Souvenir au réveil du lendemain.

Arrivée à la maison, j'avais chauffé la cire qui avait naguère coulé, puis durci. La dernière fois qu'il était entré chez moi, le pieux avait eu vingt-cinq ans. J'avais dessiné un cœur de chandelles autour du gâteau pour l'occasion. Mes petites chandelles bon marché avaient diminué à vue d'œil pendant que je l'avais espéré à la fenêtre. Le liquide brûlant s'était solidifié en quelques secondes sur le bois du sol après son arrivée. Son départ, que je ne savais pas encore éternel, n'avait pas été une raison valable de nettoyer la cire. Après, j'avais gratté par terre ce qu'il restait de notre ultime goûter. J'avais enjambé jours après jours les vestiges de notre soirée. La cire figée faisait un avec son omniprésence dans mon décor, elle avait imité son absence par sa transparence, par son absorption dans les lattes. Je faisais semblant de ne plus voir les restes de la fête, celle d'avoir été avec lui, sous mes allées et venues. J'avais donc fait bouillir de l'eau pour diluer la substance blanche et grasse. Cela m'avait fait goûter la suie de l'amertume. J'avais dû me départir des derniers vestiges du pieux en ma demeure.

J'avais dû tout désinfecter (peut-être y avait-il d'autres débris de lui). Peaux mortes, cheveux bouclés de papillotes, odeurs aigres-douces imprégnant les murs, empreintes de toutes sortes. Je n'avais rien nettoyé ni rien rangé depuis sa dernière apparition ici : j'avais vécu tout le mois parmi les copeaux qui s'étaient détachés de sa personne. L'eau fumante avait essuyé les menues traces apparentes qui étaient demeurées entre mes murs. Mais les marques incrustées dans mes pores et mes meubles me regardaient toujours. J'avais compris que je ne pourrais pas les déloger et j'avais choisi de cohabiter avec elles. J'avais quand même brûlé de la sauge de Grèce pour empoisonner les beaux mais inutiles et blessants résidus de son esprit et de son sourire. On m'avait dit que la sorcellerie ne pouvait pas me nuire, qu'elle ne nuisait jamais lorsque l'estomac se crispait de manque. Fumée des feux de l'anniversaire, fumée de l'eau qui a achevé son ébullition, fumée aromatisante de l'épice purificatrice : je comptais sur le fait que rincer annulait les commémorations.

Et il y avait aussi mon vieil arbre maigre qui continuait de grandir dans sa jarre. Il faisait lui aussi partie des vestiges de mon garçon juif. Afin de me consoler, j'avais pris la décision de me rendre au coin de la rue pour le réconforter lui aussi et j'avais acheté un sac de terre. Il avait besoin de moi à présent. Lors de mon propre anniversaire, Yéhouda m'avait laissé le pot d'argile sur le seuil de ma porte. À l'intérieur, un sac de terre et des rubans de couleur pour l'occasion. Il n'en était pas : quand j'avais ouvert la porte, le garçon juif était déjà parti. Seules restaient la terre dans un contenant et une carte qui disait qu'il n'était jamais trop tard. Je ne savais pas à quoi il faisait allusion. Je m'étais dit que je pourrais garder l'arbre. Avec un peu de chance, j'allais le regarder grandir sans lui couper trop souvent les branches. Et ce, même si je n'étais pas certaine à quoi cela servait de laisser les décombres pousser.

Même en Grèce, ils me suivaient, mes décombres.

Le transport

[lettre à supprimer en silence]

Lorsque tu arriveras au port, j'aurai déjà commencé à pleurer. J'aurai commencé à avoir froid bien avant que le bateau n'apparaisse au large. Cela fera déjà plusieurs heures que je t'aurai espéré, debout au Pirée. Je me rappellerai la dernière fois que j'ai accosté ici. Je venais tout juste de déchirer, du haut du quai, une petite lettre qui t'était destinée : une note gribouillée près du tombeau de saint Nektarios et que tu ne liras jamais. Le temps a fini par passer vite, Haïthem, et tu m'as pardonné parce que tu étais sans doute toi aussi un peu saint. J'attendrai que tu sortes du bateau sans cligner des yeux pour ne rien manquer. Les passagers commenceront à marcher en direction de la sortie. Je ne serai pas certaine du moment exact où tu apparaîtras. Je rechercherai ton regard, depuis trop longtemps en exil de moi. La musique arabe jouera dans ma tête en même temps que les psalmodies me rappelant ta pureté impossible à épouser. J'entendrai les chants qui annonceront ta venue. Je serai trempée par ma patience, elle m'aura tenue immobile dans la chaleur. Sous le soleil de la hâte. Seras-tu aussi magnifique que dans mon souvenir aveugle ?

Puis ta silhouette se détachera de celles des autres et je courrai mettre des baisers sur ta main droite en signe de respect. Je déposerai mes lèvres sur toi de la même façon que j'effleure les icônes dans les églises orthodoxes. Toi, tu seras, sur le quai du Pirée, aussi beau que ces peintures de bénédictions. C'est alors, Haïthem, que tu deviendras mon mythe à moi, le conte légendaire que je prendrai plaisir à construire et à reconstruire. Non pas une fable qu'on aura plantée dans mon esprit à mon insu, mais une fable dont tu seras le sommet.

C'est plutôt à la gare d'Athènes que tu es apparu avant le coucher du soleil. Un nouvel itinéraire t'avait empêché de me rejoindre en bateau. Tu me cherchais toi aussi dans la lumière du quai. Nous nous sommes serrés longtemps, je n'avais encore jamais vécu une scène de gare. Si nous avions été amoureux, cela aurait été le plus beau moment de ma vie.

Les jours qui ont suivi, nous avons visité la ville de jour et de nuit. Lors des silences qui meublaient notre rencontre, nous fredonnions une chanson de Wadii Essafi. Parce qu'elle durait plus de douze minutes, j'en profitais toujours pour t'écrire des lettres mortes en l'écoutant lorsque tu n'étais pas là. Je la faisais rejouer sans cesse. Comme elle est très longue, j'avais l'impression qu'elle ne s'arrêtait jamais. C'était la chanson de ton reflet : elle continuait à l'infini. Tu savais que je l'aimais presque autant que toi, et lorsqu'il ne te restait plus rien à ajouter lors de notre petite escale en Grèce, tu me la chantonnais sans les mots. En étirant les notes seulement, comme pour me parler. Nous nous sommes tellement habitués à la distance que même quand tu es là, Haïthem, je ne peux qu'écouter ta musique. Je ne m'en lasse jamais.

Je n'ai que des flashs de la Grèce après que tu es parti. Parfois me vient au nez le bouquet d'une baignade, d'une promenade sur des trottoirs trop étroits, ou d'un café avec des glaçons, bu sous un parasol avec Père. Je ne me souviens de presque rien : la faiblesse m'avait corrompue. Je ne suis pas allée en Grèce, je n'y ai que dormi. J'y suis allée pour cicatriser, pour faire disparaître les coutures fondantes. Père me caressait les cheveux. Sa barbe était douce. Pour Père, les indices étaient inutiles : il laissait couler les larmes invisibles des autres sans espérer savoir pourquoi. Il savait que comme les fontaines devant les églises, elles coulaient d'elles-mêmes. Avec lui et Mère, nous avons fait un pèlerinage. Sur la tombe de saint Nektarios, je t'ai écrit une lettre te demandant pardon. C'était sur l'île d'Égine. Lorsque j'ai pris le bateau pour rentrer à Athènes, j'ai déchiré la lettre au-dessus des flots. Les mots découpés sont tombés sur les vagues. Il neigeait en été tout à coup sur l'eau grecque. Les petits morceaux de papier blanc se sont déposés sur l'eau. J'en ai surpris certains en train de couler tellement mon regard s'y est rattaché longuement. Après avoir détruit ces mots qui ne te seraient jamais parvenus, j'ai pleuré sur le sein de Père. Les larmes n'étaient plus invisibles : j'étais allée au dernier repos du saint sur le mur. Je l'avais cherché, j'étais entré chez lui. Je n'avais plus d'excuse pour ne pas pleurer. Père n'a pas osé me demander ce qui me troublait. Il m'a serrée et m'a laissée haleter sans rien dire pendant toute une soirée. Avec Mère, ils sont demeurés silencieux, comme lorsqu'on s'abstient de parler devant un mourant. Les Grecs exagèrent. La minute de silence s'est prolongée, même si mes sanglots diminuaient. L'icône de saint Nektarios est au-dessus de mon lit, à présent, et je me plais à croire qu'il m'aime bien. Peut-être parce que j'ai pleuré sur ta mémoire sans tricher, toi, son désormais ami. À l'intérieur du cadre, tes yeux me préservent par l'entremise des siens.

22

Toujours en Grèce. Je n'avais pas parlé à Yéhouda depuis plusieurs semaines. Puis il a téléphoné pour demander pardon de m'avoir quittée une fois de plus. Quel sens de l'humour, ce pieux ! J'avais pourtant dit à Mia de ne pas lui dire où je me trouvais, mais son cœur s'était peut-être attendri devant lui et elle a dû lâcher toute l'information. La culpabilité dans la voix du garçon juif était à son apothéose : il pleurait plus que d'habitude. Cela m'a pris quelques minutes avant de réaliser pourquoi. J'avais oublié, avant de partir, de mettre fin au canular : Yéhouda me croyait toujours enceinte. L'issue de mon plan n'avait pas encore été élaborée. De toute façon, même s'il me croyait future maman, j'avais arrêté de recevoir de ses nouvelles. Avait-il pigé que le poids des responsabilités était un fardeau trop difficile à saisir pour sa petite tête ? J'ai profité de son appel pour lui dire que j'avais *faussé* ma couche. Je ne lui ai par contre jamais avoué que j'avais aussi *faussé* ma grossesse.

— Je l'ai perdu.

— Comment, perdu ?

— C'est évident, non ? J'ai fait une fausse couche, Yéhouda. Tu sais c'est quoi une fausse couche, au moins ?

— De quoi tu parles, espèce de cinglée ? Bien sûr que je sais c'est quoi une fausse couche ! Mais, Neffeli… c'est *terrible* !

— À quoi t'attendais-tu avec toute cette angoisse que tu me fais vivre ? Que je m'épanouisse en même temps que notre enfant et me transforme en une sorte de madame Leibovitz en t'attendant à la fenêtre des *kugels* aux patates dans les mains ?

— Calme-toi, tout ira bien. Tu n'as qu'à revenir à Montréal et je vais m'occuper de toi, tu vas voir.

— Es-tu tombé sur la tête ? Premièrement, tu n'as jamais été là quand j'ai eu besoin de toi, et deuxièmement, j'ai besoin d'un vrai homme pour me guérir : je resterai avec mon père quelque temps, ici, en Grèce.

— Et moi, je ne suis pas un vrai homme, peut-être ? Qui, penses-tu donc, t'a mise enceinte ?

J'ai ri d'un rire sincère. J'ai raccroché sans attendre de réponse. C'est la dernière fois que j'ai entendu la voix du garçon juif. Je me suis dit qu'à mon retour à Montréal, j'allais changer toutes mes coordonnées et avertir Mia qu'elle devra se raffermir. Je lui ferai comprendre que les larmes du garçon juif étaient celles du crocodile. Et que même bébé, le crocodile possède des rangées de dents acérées. Dire que je croyais que tout le monde savait cela.

* * *

Les pigeons étaient presque tous partis. Bientôt, je ne pourrais plus prendre mon bain avec eux. Ils ne produisaient pas un son agréable, mais je m'étais habituée à leur présence au sein de mes étés de petite fille. Les pigeons étaient déplaisants, ils pourrissaient l'existence et mes parents ont dû, par de perpétuels stratagèmes, les chasser des rebords des fenêtres. Ils se sont installés depuis aux étages inférieurs et supérieurs. Mes parents ont fait appel à des rénovateurs qui ont imaginé un dispositif anti-oiseaux : des barreaux dans les fenêtres. Les pigeons rendaient mes parents agressifs depuis des années. Ils les empêchaient de dormir et de jouir de la solitude. Avec la présence des pigeons derrière les fenêtres, Père et Mère n'avaient qu'un faux sentiment d'appartenance à leur domicile. Quelque chose grandissait sur leurs corniches, sur les boyaux : un ovipare nuisible, une masse chieuse.

Mes pigeons me manquaient alors que je revenais à Athènes après ma longue absence habituelle. Moi aussi, ils m'avaient toujours dégoûtée, mais c'était un dégoût intéressé. Ils me faisaient plutôt peur les premières années. Je confondais leur cri avec celui d'humains suppliants. Lorsque je prenais mon bain, les pigeons n'étaient pas à la fenêtre. Je n'étais presque jamais parvenue à les voir : c'était des oiseaux de sons. Je les cherchais de l'oreille, je les attendais en écoutant. Je savais que les deux trois petits bonds précédant leurs envolées balourdes se répéteraient à l'infini. Parfois, l'oiseau de la rue et des cours intérieures se laissait désirer par les baigneurs. Mais jamais pour très longtemps.

Cet été, c'était différent, je ne pouvais plus les espérer. Ils avaient quitté, pour la plupart, le nid familial. Malgré tous les essais pour les éloigner, leur disparition m'avait été épargnée. Je n'étais pas encore tout à fait seule : il restait un nid quelque part. Incrusté dans un angle.

En ces premiers jours d'été grec, je vivais la perte de Yéhouda : cette fois-ci, il m'était impossible de faire fi de ses incohérences. Cette fois-ci, son nom sonnait comme une véritable perte, souhaitée et attendue. Dérangeante mais nécessaire. Tout comme la perte des pigeons. Ils n'étaient pas très loin. Ils n'avaient fait que continuer à être hors de vue. La seule différence était qu'à présent, plus le temps passait, plus ils étaient hors d'écoute. Presque tous. Ils se multipliaient toujours, mais ailleurs. Je n'avais pas hâte que Yéhouda se multiplie avec une autre. Il m'empoisonnait la vie toute crue, mais je ne le voulais pas avec une autre. J'avais aimé jouer dans l'eau avec lui, même s'il m'avait été fatal. Ce n'était pas qu'il trempe dans la judéité qui me mettait en colère, mais bien qu'il baigne dans l'indisponibilité. Je vénérais la judéité de Yéhouda, au contraire. C'est son incapacité à la gérer qui m'ennuyait. Pourquoi éviter le choix ? Ou on vole, ou on marche. Ou on crève. Non, je pariais qu'il demeurerait quand même là avec son cri, sa plainte interminable. Tout comme le pigeon, je n'ai pas eu la chance de voir le garçon juif aussi souvent que je l'aurais souhaité, même si je croyais l'entendre. Je savais très bien qu'il était derrière moi. Qu'il observait la femme qu'il n'aurait jamais. N'émettait aucun piaillement chaque fois qu'il avouait qu'il ne se mouillerait jamais très longtemps pour elle.

23

Non, à bien y penser, ce n'était pas à l'hôpital. La première fois que j'ai vu le garçon juif, il était sur un écran. Petit mais déjà grand dans sa vraie vie, Yéhouda est plus tard devenu mon unique protagoniste. Cela faisait des mois que je cherchais l'origine de notre collision. Comme toutes les rencontres, la nôtre s'était produite à notre insu, avant même de nous connaître. Et comme dans tous les commencements, il y a eu l'annonciation. Elle était alors sans signification, invisible entre les détails, un œuf pas encore couvé. Un Avent qui n'avait pas la conscience d'en être un : il n'avait pas d'attaches.

Lorsque je me suis souvenue de cette séquence de ma vie, j'ai ressenti une vive envie de recommencer. Je tentais de trouver l'incipit de notre rencontre première, puis je me suis remémoré ce documentaire sur la communauté hassidique de Montréal. On nous l'avait présenté à l'école primaire. Yéhouda m'avait parlé de ce film quelque temps après notre union. Il en avait trouvé une copie et l'avait apportée chez moi. Il avait huit ans à l'époque du tournage, et moi aussi. Un groupe d'enfants s'était rué sur le caméraman venu chercher des images dans leur cour d'école. La scène durait une seconde. Elle est rediffusée dans ma mémoire chaque fois que je pense à l'enfance, à ma ville, à notre rencontre. On y voyait Yéhouda pousser deux ou trois gamins, avant de se faufiler vers la mire de l'objectif. Même habillement, la barbe et le chapeau en moins. Ce plan n'était pas inscrit dans la magie lorsque je l'ai découvert : il a pris de la valeur une fois que j'ai compris que ce soir-là, à l'hôpital, ce n'était pas la première fois que Yéhouda me regardait sans me voir. Dans sa précipitation, ses papillottes s'étaient balancées de chaque côté de son visage. Les papillottes de l'élève d'alors étaient aussi longues que celles du garçon juif d'aujourd'hui.

Je me suis rappelé que lorsqu'il se douchait, elles se défrisaient sous le jet d'eau. Ses boucles descendues, les cheveux de mon amant collaient sur sa peau humide et dévalaient le long de sa poitrine. Lourdes d'eau, elles étaient interminables. Je les touchais du bout des doigts, les enfilais derrière ses oreilles. Yéhouda était magnifique. Lorsqu'il se lavait, le seul moment où il ne portait pas sa kippa, je caressais le dessus de sa tête. Sa tête était rasée, ses yeux libres de lunettes. Les poils de son menton saisissaient les bulles du savon. Son corps était très mince.

Je l'avais vu, alors que j'étais encore petite, courir vers une caméra. Le professeur nous avait présenté ce film dans le but de nous faire connaître ces gens qui avaient bâti un ghetto entre les maisons de notre quartier. Le narrateur du documentaire ne précisait pas que les garçons juifs pouvaient se retrouver dans la douche des filles vingt ans plus tard.

La scène de la salle d'attente s'était donc inscrite en faux exorde sur mon plan. Il y avait eu un prologue à notre affection, un temps où notre mépris n'était qu'embryonnaire. Un oubli momentané dans notre courte histoire séparée par le verre de la fenêtre. Après Yéhouda, je retournai me balader dans les rues hassidiques de ma ville. La vision de leurs vies me détendait comme elle l'avait toujours fait. Ils marchaient ensemble. Les regarder me permettait de témoigner des familles, de me prouver qu'elles existaient. Moi aussi j'en avais plusieurs, des parentés. Elles étaient parfois vivantes, parfois mortes. J'avais tenté d'incorporer mon garçon juif parmi elles, entre quelques-uns de mes instincts. Cela avait suffi à l'étouffer. Mes instincts pesaient trop lourd.

Lorsque je passais trop de temps sans me rendre dans la fraction juive du quartier de mon enfance, je manquais d'air. Je devais sans faute m'y balader sur une base régulière : c'était le seul endroit où je pouvais remplir mes poumons de constance et d'ordre. Ici, personne ne se laissait. Constance et ordre. Je me jetais dans leurs bras noirs et blancs alors qu'ils les tendaient à d'autres enfants. Ça m'était égal qu'il ne s'agisse jamais de moi. Tout ce que je voulais était déambuler parmi des gens possédant des liens. Et, par le fait même, rapatrier ce qui me restait des miens. De penser à leurs restes.

24

Cet été-là, je suis rentrée comme si de rien n'était, début septembre. J'ai repris le travail au cabinet. La fièvre a depuis disparu. Les années ont passé. Yéhouda ne m'a laissé de lui que des vergetures et un flacon de parfum. La gestation avait dû se finir à jamais. Ainsi, je me retrouvais dans la fin vingtaine avec des marques, de la naissance du pubis à la fin du nombril. Elles étaient rouges, larges et semblaient se tortiller sur mon ventre. Plus personne ne me voyait nue depuis que Yéhouda avait été extrait de mes pores, et cela donnait à mes vergetures l'opportunité de monter toujours plus haut. J'étais seule et lignée. Parfois, je prenais le temps de masquer les traces du passage de Yéhouda avec du maquillage. Devant mon miroir, j'appliquais sur les sillons le fond de teint beige qui avait remplacé la couleur naturelle de ma peau. J'avais un corps prématuré de mère. Il me rappelait sans cesse que le garçon juif ne m'avait pas choisie. Je ne croyais pas avoir le corps qu'il fallait pour être choisie par quelqu'un d'autre non plus. Son départ avait laissé sur moi les stigmates de la renonciation. Yéhouda n'avait pas eu le temps de mettre ses doigts sur mes vergetures : elles étaient apparues à sa sortie de ma vie. Elles ne disparaîtraient jamais, mais elles blanchiraient. Comme le garçon juif qui ne partirait pas non plus, jamais tout à fait. J'osais par contre espérer qu'un matin son souvenir serait plus discret et, ainsi, me transpercerait moins dans le miroir lorsque je me regarderais. Grâce au temps qui apporte les milliers de matins. Des milliers, c'est long.

Yéhouda sera absorbé par mes cellules. Et alors, moi et mes vergetures, nous pourrons nous réparer. L'image du garçon juif blanchira à son tour jusqu'à ce qu'il y ait de la place pour d'autres gravures. Il était resté trop longtemps dans les pièces de ma maison : je n'avais pu résister au désir de le voir apparaître sur mon corps. Mon désir excessif de l'en expulser avait fait en sorte qu'il s'était manifesté sur la surface de mon ventre. Aurait-il été possible d'être plus élastique et ainsi de le laisser grandir davantage ? Difficile que l'art d'envelopper… Je ne rencontre plus jamais Yéhouda. Ses traces me parviennent seulement lorsque je pense aux lettres que j'aurais aimé écrire à Haïthem et que je regarde mon ventre.

Père m'accompagne désormais chaque été au tombeau de saint Nektarios. La dernière fois, c'était un vendredi. Nous sommes arrivés sur les lieux tout juste avant le coucher du soleil. Des cierges étaient déjà allumés et, alors qu'ils se consumaient, les feuilles des arbres se secouaient. Le sépulcre du saint n'était protégé que par un toit de bois, l'espace de son repos ne comptait ni porte ni fenêtre. Père m'avait laissée me recueillir seule. Je l'ai regardé s'éloigner : il veillait sur sa fille, même de dos.

J'avais compris que les signes sous mon chandail étaient à moi. Une main sur le caveau et l'autre sur mon ventre, j'ai pensé au saint les yeux ouverts. Le braille de ma peau raboteuse était assez lisible pour que je consente à le déchifrer. Et puis la prière était tracée : un nouvel alphabet s'était inscrit dans le creux de mes vergetures.

OUVRAGE RÉALISÉ PAR
LUC JACQUES, TYPOGRAPHE
ACHEVÉ D'IMPRIMER
EN AOÛT 2007
SUR LES PRESSES
DES IMPRIMERIES TRANSCONTINENTAL
POUR LE COMPTE
DE LEMÉAC ÉDITEUR, MONTRÉAL

DÉPÔT LÉGAL
1re ÉDITION : 3e TRIMESTRE 2007
(ÉD. 01 / IMP. 01)